LA MAISON D'UNE AUTRE

DU MÊME AUTEUR

Coma, Leméac, 2012.

FRANÇOIS GILBERT

La maison
d'une autre

roman

Chère Leesa,
je suis très heureux de te dédicacer
ce livre, et de pouvoir continuer à
travailler chez vous !
Bonne lecture et merci pour tout.

LEMÉAC

L'auteur remercie le Conseil des arts du Canada de son soutien financier.

Couverture : © Peter Zelei / Getty Images

Leméac Éditeur reconnaît l'aide financière du gouvernement du Canada par l'entremise du Fonds du livre du Canada pour ses activités d'édition et remercie le Conseil des arts du Canada, la Société de développement des entreprises culturelles du Québec (SODEC) et le Programme de crédit d'impôt pour l'édition de livres du Québec (Gestion SODEC) du soutien accordé à son programme de publication.

ISBN 978-2-7609-3388-0

© Copyright Ottawa 2014 par Leméac Éditeur
4609, rue D'Iberville, 1ᵉʳ étage, Montréal (Québec) H2H 2L9
Dépôt légal – Bibliothèque et Archives nationales du Québec, 2014

Imprimé au Canada

1

Le téléphone sonna et c'est ainsi que tout a basculé.

Je venais à peine de conduire Hirosuke à la gare de Kawasaki. Par réflexe, je balayai la table des yeux à la recherche d'un document oublié. Sous des livres se cachait le dossier qu'il épluchait en déjeunant. Je décrochai à contrecœur.

— Nanami?

Ma gorge se serra de surprise. Olivier n'avait eu qu'à prononcer mon prénom pour que je reconnaisse son accent. Bien que je m'y sois efforcée, je n'en avais pas perdu le souvenir. En juillet dernier, avant qu'il ne quitte la capitale pour donner un spectacle à Kyoto, je l'avais prié de ne plus m'appeler car ma relation avec Hirosuke devenait trop sérieuse. Je m'étais attendue à ce qu'il s'y oppose, mais il avait ri en baissant les yeux. Alors qu'il s'était éloigné vers le quai de la gare, je ne pouvais croire que notre aventure se terminait aussi misérablement.

— Je te réveille?

Le souffle court, je peinais à lui répondre. Les battements de mon cœur s'étaient accélérés. J'abandonnai mon croissant sur la table pour me diriger vers la chambre. Le téléphone coincé entre l'épaule et l'oreille, j'essuyai mes paumes humides sur mon pantalon d'intérieur. Je n'étais plus habituée à pareilles émotions.

— Non. Je me suis levée à cinq heures.

Sur le lit trônait le tas de chemises d'Hirosuke qu'il fallait repasser. Ma fébrilité se transforma en fatigue, mais je n'y prêtai pas attention.

— J'aimerais te voir cet après-midi.

L'ordre logique que j'avais donné à ma journée se brisa. La simple idée de succomber à cette proposition me brûlait la poitrine. Je repoussai des caleçons que j'avais commencé à plier.

— Aujourd'hui, ce serait difficile.

J'avais parlé d'une voix indifférente pour attiser sa convoitise. Olivier tardait à répondre. Au bruit que produisait son souffle, je devinais son anxiété.

— C'est important. J'ai besoin de toi.

Les doigts tremblants, pendant que je consultais l'horaire des trains, un prétexte pour Hirosuke prenait forme dans ma tête.

— En fin d'après-midi, vers dix-sept heures?

— Je ne peux pas attendre aussi longtemps. J'ai besoin de ton aide. Il n'y a qu'à toi que je peux me confier.

Je me redressai dans le lit, valorisée.

— Il faudra que tu viennes ici alors. Notre maison est en construction et je dois visiter le chantier. Puis, tu sais, je me marie dans douze jours. On ne pourra pas faire comme avant.

— Si tu savais à quel point je n'ai pas la tête à ça.

J'accusai le coup avec une grimace honteuse. Son rire, lors de nos adieux, résonnait encore.

— Je veux te voir avant que la police ne s'en mêle.

— La police?

Depuis que mes semaines se bornaient à des banalités, conduire Hirosuke à la gare, épousseter, récupérer Hirosuke à la gare, cuisiner, et même si notre cohabitation me procurait un bonheur certain, je trouvais que cela avait amélioré ma vie tout en la contraignant. Car ce qui m'animait m'était désormais interdit. Et le rôle que je jouais auprès de nos familles me donnait le sentiment de trahir ma volonté.

— Tu pourrais prendre le train de midi à Ueno. J'irais t'attendre à Kawasaki.

Bien qu'une avidité craintive m'emportât, à la seconde où il accepta, je sentis que je recommençais à vivre, que ma sensibilité, étouffée depuis que j'avais cessé mes visites des bars à touristes de Tokyo, n'était plus engourdie. Et cela éveillait des désirs mauvais qui, je l'espérais, me permettraient de tout oublier.

L'inspection du chantier ne devait être qu'une formalité destinée à rassurer Hiro. Je me demandais parfois s'il ne me confiait pas des tâches de crainte que je m'ennuie, seule à la maison. Pourtant, les derniers préparatifs du mariage avaient de quoi m'occuper.

L'autobus me livra à une chaleur oppressante. L'arrêt se trouvait devant le supermarché du coin. Un établissement moderne entouré d'immeubles résidentiels auxquels on avait collé des noms pompeux, du genre *Le château sur ville*. Habituée à faire les courses dans des commerces à l'ancienne, j'avais du mal à croire qu'il me faudrait désormais les effectuer ici.

J'y entrai pour me rafraîchir. Des femmes faisaient leurs achats, les employés remplissaient les réfrigérateurs. Au deuxième étage, un groupe de *mamatomo* salivait devant les étalages de paniers-repas en prévision de leur pique-nique. Je sortis avec un *onigiri* que j'engloutis près d'une poubelle avant d'y jeter l'emballage. L'appel d'Olivier m'avait rendue si impatiente que je n'avais pas terminé mon déjeuner.

Quand je repris le chemin, il me sembla qu'une boule de riz dans l'œsophage coinçait ma respiration. Je m'assis à la terrasse d'un café pour retrouver mon souffle.

— Désirez-vous quelque chose ?

Trop embarrassée pour décliner l'offre, je commandai un thé glacé.

— Quel format?

Alors que j'hésitais entre siroter doucement ma boisson et en avaler rapidement une petite quantité, je fis mine d'utiliser mon téléphone. Si j'en buvais trop, je risquais d'être prise d'une envie pendant la visite de la maison. Ce choix était irraisonné. J'étais déjà bien assez nerveuse.

La serveuse attendait ma réponse. De la sueur perlait sur ses tempes. Il était trop tard pour changer d'avis, mais n'ayant toujours pas pris de décision, je me sentis paralysée.

J'acquiesçai sans répondre, lui tendis le menu et la remerciai. Elle esquissa une contorsion de politesse et s'éloigna la mine déconfite.

J'observai le quartier tout en imaginant les motifs d'Olivier. Pour que la police soit impliquée, il devait être mêlé à une histoire de drogue, de vol, ou même de viol. Ces pensées me donnèrent si chaud que j'en éprouvais une douleur physique.

Une autre employée vint porter la boisson. Je la posai sur mon front, mes joues et mon cou avant d'y goûter. Sa froideur, alors qu'elle descendait dans ma gorge, me donna mal à la tête. À la table voisine, le garçon qui hurlait son désir d'aller à la piscine n'arrangeait rien.

Tant de femmes avaient des enfants en bas âge. La procession de mères sous mes yeux ne cadrait pas avec les images qu'inspirait la prière d'Olivier. Pas plus que le calme et le rythme avec lesquels elles avançaient. Elles semblaient se balader en tuant le temps, s'arrêtant pour ramasser une tétine, essuyer une bouche, reposer leurs bras fatigués par le poids des emplettes. À l'idée que leur quotidien n'était fait que de tels moments, je fus saisie d'un vertige.

Sur le terrain, une greluche à talons hauts déambulait avec son casque protecteur. Je devinai avec répugnance de qui il s'agissait. Auprès de certains, elle envoyait sèchement des ordres, auprès d'autres, elle discutait en minaudant. Les ouvriers savaient sans doute que Shinohara Mitsuko, héritière de la compagnie de construction érigée par son père, avait fréquenté l'homme pour qui ils bâtissaient cette demeure.

Lorsque Mitsuko me vit, elle ne sembla pas mécontente. Elle m'accueillit solennellement tandis que je la gratifiais d'un sourire de politesse. Avec une verve passionnée, elle me parla du quartier et des résidents du voisinage, puis elle m'offrit de l'accompagner.

Je passai les premières minutes à l'écouter avec une complaisance attentive. Pendant que j'estimais le nombre de tons d'écart entre la peau de son visage et celle de son cou, Mitsuko misait sur son professionnalisme. Dès qu'un détail me faisait tiquer, elle trouvait les mots justes pour dissiper mes incertitudes, ce qui était contrariant, car je n'arrivais pas à la prendre en défaut. Elle me fit même applaudir sa proposition architecturale à laquelle j'avais difficilement consenti, qui mêlait traditions nord-américaine et japonaise.

À l'étage, son côté «agent d'immeubles» n'en finissait plus de m'agacer. Dans chacune des pièces, elle conseillait une manière de vivre en se montrant enjouée, profitant de l'occasion pour étaler sa connaissance de mon fiancé.

— Cette chambre sera parfaite pour son bureau. Regardez comme sa table à dessin irait bien ici.

Alors que nous descendions les marches, elle continuait de la sorte.

— Avec une maison sur trois étages, vous ne vous marcherez pas sur les pieds comme dans son minuscule appartement !

Au sous-sol, elle évoqua l'idée d'une salle de jeu pour les enfants. Je sentis mes genoux faiblir alors que sa respiration devenait irrégulière. Une sorte d'écho dans sa voix la rendait inhumaine. Comme si nous étions toutes deux pénétrées d'illusions similaires. Elle songeant à ce à quoi sa vie aurait pu ressembler avec Hirosuke, moi à ce qu'elle allait devenir. Les images de cet avenir se multipliaient et se présentaient avec finesse, entraînant un tourbillon d'actions irrémédiables. Il me fallait y échapper.

Je vis, dans la pièce voisine, un énorme objet, large et blanc, d'une autre époque.

— Et ça, c'est quoi ?

— Un congélateur. La famille où nous habitions à Boston en avait un semblable.

Mitsuko retrouva son naturel pour m'expliquer l'usage qu'en faisaient les Nord-Américaines. Mais je ne l'écoutais plus, délibérant si le « nous » en question se rapportait au couple qu'elle avait formé avec Hirosuke. En temps normal, je serais restée froide comme du béton, n'éprouvant que du mépris pour son jeu sournois, mais depuis le matin, il me semblait que je ressentais tout avec plus d'intensité. Pour canaliser ma frustration, je m'insurgeai contre cet élément qui avait échappé à mon approbation.

— Vous n'aurez pas à le payer. C'est un cadeau de mariage ! Savez-vous qu'Hiro adore le *vintage* ?

L'entendre désigner mon fiancé par son diminutif attisait ma colère. Et sa manière de vouloir m'en apprendre sur lui était plutôt vexante. Je ravalai mon mécontentement et la remerciai de sa générosité. La promesse de m'en débarrasser à la première occasion me semblait une faible consolation.

— Vous voyez, ça commence à prendre forme. Et regardez plus haut, sur votre balcon à la japonaise, tout est déjà installé pour le séchage des futons. Vraiment, vous pouvez être rassurée, ce sera prêt ce soir même si vous le voulez.

Elle m'invita à discuter davantage devant un repas. Comme il aurait été malvenu de refuser, j'acquiesçai en spécifiant qu'un rendez-vous me pressait. Le train d'Olivier arriverait dans quatre-vingts minutes, ce qui paraissait interminable. Au cœur de la maison, avec en tête une image précise du programme de mon existence quotidienne, il me tardait de désavouer les obligations auxquelles j'allais être contrainte de me soumettre.

Au restaurant, pendant qu'elle rangeait son rouge à lèvres dans un ridicule sac en peau d'autruche, Mitsuko s'interrompit pour me regarder, comme si elle n'en avait pas encore pris la peine.

— Hiro a bien choisi.

Ses paroles m'embarrassaient. M'apprêtant à revoir Olivier, j'avais un peu trop soigné mon apparence.

— Vous n'avez pas l'habitude qu'une femme vous complimente, n'est-ce pas?

Je n'eus pas le temps d'expliquer que là n'était pas la question qu'elle s'emportait déjà.

— Oh! Je le devine bien, vous êtes ce genre de fille aussi souvent favorisée par les hommes que persécutée par les femmes. Je ne me sens pas du tout menacée par votre beauté, franchement!

Pendant qu'elle faisait mine d'être outrée, je cherchai une manière de nous mener vers un réel enjeu.

— Pardonnez-moi. Je sais que je peux être exubérante. On me l'a beaucoup reproché. D'autres ont utilisé des mots plus blessants. Mais pas Hiro. Jamais.

La serveuse apporta deux plateaux-repas fumants.

— Je me suis liée à un homme qui avait l'habitude de fréquenter le *jet-set*. Avant que nous rompions, un soir où j'avais piqué une crise pour une raison qui m'est personnelle, il m'avait lancé: «Tu es aussi folle que les comédiennes de Tokyo. » C'était une insulte, mais ça m'avait rendue si heureuse que j'en avais oublié ma colère. Je l'avais obligé à me faire l'amour et il s'était exécuté en répétant qu'il ne *nous* comprendrait jamais.

J'attendais qu'elle attaque son repas pour commencer à manger, mais elle demeurait là, muette, prise par les images du passé. Après avoir rajusté la distance de son regard, elle avala une première bouchée.

— Mais vous, si vous épousez Hiro, il faudra vous attendre à être aimée rationnellement.

— *Si* je l'épouse… ?

J'avais entamé ma réplique le rire empreint d'arrogance pour lui montrer qu'à douze jours de la noce, elle n'avait aucun droit de douter. Mais, pensant à Olivier, je restai devant elle, tout aussi silencieuse, avec ce « si je l'épouse » résonnant dans ma tête.

— Vous êtes belle, vous devriez trouver un meilleur parti.

Ses paroles firent naître un climat d'hostilité. Je m'efforçais d'y rester imperméable, mangeant ma soupe, un regard de désespoir posé sur la table. Pourtant, dès que le bol fut vidé, et bien que cela me coûtât, je donnai à Mitsuko l'attention qu'elle recherchait.

— Si vous savez quelque chose, je vous prierais de parler maintenant.

— Cet homme sera incapable de rendre une femme heureuse.

Pendant que je songeais au sens de cette phrase, elle me regardait, l'air de dire : « Ne vous inquiétez pas, nous pouvons en parler. »

— Vous insinuez qu'il est… qu'il préfère la compagnie des hom…

— Oh non !

Elle avait crié si fort que les autres clients s'étaient tournés vers nous.

— Si c'était vrai, il saurait faire preuve d'écoute, de sensibilité, d'amitié, et ces qualités m'auraient bien suffi. Je vais peut-être vous étonner, mais je ne suis pas très génitale lorsque j'entretiens une relation stable.

Alors qu'elle me souriait pour créer une complicité spontanée, je baissai les yeux sur mon plat du jour en me demandant comment Hiro avait pu fréquenter une femme aussi malapprise.

— Que lui reprochez-vous exactement?

— Il ne sait pas aimer comme nous, les femmes, avons besoin d'être aimées.

Cette fois, c'est moi qui pouffai, et avec tant de surprise qu'un grain de riz sortit de ma bouche.

— Je ne plaisante pas, mademoiselle.

— Oh, peut-être pas, mais je crois que vous et moi sommes bien différentes.

De l'orgueil blessé perçait dans son air dramatique. Elle semblait comprendre que malgré ses vêtements chics, son indépendance et son succès, je n'allais pas l'aduler pour autant. Peut-être que si elle n'avait pas déjà eu la petite trentaine, sa situation avantageuse m'aurait fait plus d'effet.

— Cette conversation est inopportune, je l'admets. Il est vrai que la visite de votre maison a réveillé quelques souvenirs douloureux. Mais je peux vous assurer que loin d'Hiro, je n'ai vécu que des expériences extraordinaires. Il y a dans notre monde tant de choses passionnantes en dehors du journal télévisé.

Elle s'attaquait à l'une des habitudes d'Hirosuke de s'asseoir tous les jours, à la même heure, devant la télévision avec son appareil de massage pour les pieds. L'idée qu'une autre puisse avoir été témoin de cette manie me gênait.

— Quelle femme pourrait supporter longtemps ce train-train?

Elle repoussa son assiette et bâilla de fatigue.

— C'est agréable de manger. Je n'ai pas pris le temps ce matin. Quand les nuits sont courtes…

Elle me jeta un regard plein de sous-entendus.

— Vous qui allez vous marier ne connaîtrez jamais de telles soirées.

J'éprouvai d'abord une sorte de fierté secrète : mis à part les habituées des bars d'Asakusa, personne n'imaginait à quoi j'avais occupé mes après-midi de bénévolat à Tokyo. Puis je songeai que si ma passion, depuis un an, n'avait pas été contenue par le respect des conventions sociales, en quelque sorte, j'aurais ressemblé à Mitsuko. À l'idée que nous n'étions peut-être pas si dissemblables et qu'il ne fallait pas s'étonner qu'Hiro nous ait toutes deux aimées, je combattis une soudaine nausée.

— Je vous envie de savoir vous satisfaire d'un homme à qui il est prudent de confier son avenir.

À travers cet écœurement, je peinais à discerner si Mitsuko parlait sincèrement ou si elle se moquait. Après tout, elle avait pris la peine de me mettre en garde contre Hirosuke. Mais elle avait raison, il était sage et réfléchi de confier son avenir à un homme aussi bon que lui. Bien qu'insidieusement, la quiétude qu'il m'avait offerte libérât dans ma tête un espace qui suscitait le rêve d'autre chose.

— N'allez pas vous méprendre, je ne changerais pas de place avec vous.

À peine eut-elle fini de parler qu'un rire sonore s'échappa de sa bouche, mais il s'essouffla rapidement. Nous demeurâmes assises en silence. Mitsuko prit un air rêveur. Et soudain, elle exhala un éclat de mépris.

— Le mariage est vraiment une croyance pleine de tranquillité.

Les courses ne devaient être qu'une excuse, mais je visitai quelques boutiques dans le but de parfaire ma tromperie. Je notai le nom des commerces qui exposaient des paquets cadeaux intéressants et photographiai un assortiment de chocolats pour demander son avis à Hiro. Après être sortie d'une papeterie où j'achetai un cahier à Shugo, mon cousin préféré, je pressai le pas pour éviter d'être en retard. Ma cadence remuait en moi de profondes vagues qui rejaillissaient en gloussements et je lançais des regards fébriles aux rares étrangers que je croisais dans la rue.

Comme il avait une bonne tête de plus que les autres, que ses cheveux châtains contrastaient avec le décor, je le vis aussitôt sorti du train. Je me levai, chancelante, et le saluai craintivement.

Lorsqu'il me reconnut, son regard s'illumina. Bien loin de celui, fuyant, que j'avais gardé en mémoire. Olivier se fraya un chemin à travers la foule et vint m'enlacer. Le corps figé, je posai le front contre son torse solide. L'odeur de bergamote et d'encens qu'y avait laissé son parfum m'excitait.

Au terme de l'étreinte, le souvenir d'une passion violente s'était ravivé dans ma poitrine. Hirosuke, notre mariage, le voyage de noces, Mitsuko, tout cela existait encore, mais paraissait couvert d'un épais brouillard. Une partie de moi pensait : « Qu'attends-tu pour prendre le prochain train et ne plus jamais regarder en arrière ? » Mais l'autre répondait : « Il n'est pas venu ici pour ça. Et toi non plus, apparemment. Écoute d'abord ce qu'il a à te dire. »

Nous avons quitté la gare sans échanger une parole. Je voulais le confronter, revenir sur nos derniers instants, mais le fait d'être collée à lui me pacifiait.

Nous nous sommes installés dans le café en face de la gare. Il prit une bière et moi un jus de fruits. Rien n'avait changé. Ou presque. Car Olivier tiqua lorsque je portai le verre à mes lèvres. La vue de ma bague l'avait surpris et je posai machinalement une main dessus pour la cacher. Comme il insistait, je racontai la manière dont tout s'était précipité après son départ. La demande en mariage, mon déménagement, les préparatifs de la noce. Je trouvais irritant d'avoir à lui confier cela puisque c'était précisément ce que je cherchais, auprès de lui, à oublier. Ces pans de ma vie devaient demeurer en vase clos : deux pièces attachées l'une à l'autre, séparées par un mur épais, sans ouvertures.

— Profitons plutôt du temps que nous avons ensemble. Que veux-tu me demander ?

Il inspira profondément. C'était à son tour de paraître ennuyé. Il sortit de son sac un ordinateur et présenta un court texte en japonais que je commençai à lire aussitôt.

— Qu'est-ce que c'est ? Une note de suicide ?

— Pas si fort !

Mes mains se mirent à trembler.

— Est-ce que la lettre est si terrible ?

— Les phrases sont drôlement construites.

Je n'allais pas développer ma pensée. Il était évident que nous ne nous attardions pas à ce qui comptait vraiment.

— Je voulais qu'elle ait l'air écrite par une pute. Tu peux m'aider à la rendre crédible ?

Je repoussai l'ordinateur, dégoûtée. Pourtant, le désir d'en apprendre davantage me tiraillait. Depuis l'arrêt de mes visites à Tokyo, leur effervescence me manquait. Cette histoire, déjà, me sortait de la monotonie de façon bien plus efficace que le cinéma, l'alcool, la littérature et des cours de toutes sortes n'avaient pu le faire.

— C'est une femme avec qui j'ai passé la nuit.

— Mais tu es arrivé hier !

Mon cœur se mit à palpiter. Olivier massait ses mains sans relâche.

— Il y a eu un accident. Elle est morte.

— Morte ?

Une onde d'excitation me parcourut. Et je sentis que c'était mal. Je tentai de me ressaisir.

— Mais c'est terrible. Qu'est-ce que tu vas faire ?

Son visage se contorsionnait de douleur. Le menton tremblant, il se mordit la lèvre jusqu'au sang.

Il devait souffrir plus que je ne pouvais le concevoir. Plus que je n'avais jamais souffert. Alors qu'il traversait son enfer, bien qu'insensible à sa détresse, j'espérais pouvoir en tirer une leçon fondamentale.

— Dis-moi, est-ce à cause des cordes ?

Je faisais des efforts pour ne pas laisser paraître d'intérêt sur mon visage, pour éteindre mes yeux, car cette conversation excitait une part infamante de mon être.

— Ce n'est pas si simple…

Comme il fuyait mon regard, mon imagination se chargea du reste. Il l'avait attachée sur le lit et la soirée avait mal tourné. Il m'était déjà arrivé, alors qu'il s'emportait pendant l'un de nos rapports, de craindre pour ma vie.

— Je ne comprends pas ce que tu attends de moi.

— Déguiser l'accident en suicide.

L'espoir illuminait ses yeux alors que mon étonnement ne cessait de croître. Je commençai à grelotter. Plus la conversation avançait, plus un fossé se creusait entre nous et le reste du monde. Et une part de moi ne pouvait laisser cela se produire.

— Mais alors, pourquoi ne pas raconter la vérité ?

Olivier blêmit.

— Tu ne risques rien, Nanami. Si mon plan échoue, je ferai retomber toute la responsabilité sur moi.

J'avais vu Olivier une vingtaine de fois tout au plus. Mes sentiments n'étaient pas basés sur la connaissance que j'avais de lui, car elle était limitée aux raisons de sa présence à Tokyo. En dehors de cela, il s'était très peu révélé. Il en avait été de même pour moi. Et je me plaisais à croire que nous n'avions pas besoin de nous connaître davantage.

— Tu vas m'aider ?

Dehors, deux policiers passèrent devant la vitrine du café et sans les perdre des yeux, je sentis qu'un frisson naissant dans le creux de mon dos peinait à se répandre.

— Olivier. Tu comptes beaucoup pour moi, mais je sais bien que ce n'est pas réciproque.

— Pas du tout.

— Quand on s'est quittés, tu t'es mis à rire.

Son visage se crispa. L'éclat foudroyant de ses pupilles s'éteignit et des rides d'agacement se creusèrent tout autour. Mais, je le devinais, un affrontement ne m'apporterait aucune satisfaction. C'était d'une autre chose, encore indicible, que j'avais besoin.

Alors qu'Olivier, une main sur la mienne, cherchait mille mots pour m'amadouer, je me sentis soudain seule, abandonnée, prise d'une faim qui demandait à être comblée, et qui me torturait.

À la crainte des conséquences de ma décision se mêlait l'impatience.

— Je veux bien t'accompagner.

Et le frisson, s'épanouissant, secoua mon corps tout entier.

Étudiante, à cause des problèmes financiers de mes parents, j'avais accepté un emploi près de la gare où je distribuais des publicités insérées dans des paquets de mouchoirs. Ma collègue Rina, qui passait ses journées sur des talons de dix centimètres, ne m'avait jamais adressé la parole. Seulement des coups d'œil froids jetés à la dérobée.

Un matin où j'étais à fleur de peau parce que ma mère m'avait contrariée, Rina me regarda avec plus d'insistance. Elle semblait bizarrement joyeuse et exaltée. J'avais laissé échapper un *Quoi!*, irritée. Pendant qu'elle s'était avancée, ses seins m'avaient paru plus gros qu'à l'habitude.

— Ce soir, mon amant américain me rejoint dans un bar avec son ami. Ce serait bien d'amener aussi quelqu'un.

Après un mouvement de recul outré, mon cœur, troublé par les pensées qu'éveillait cette invitation, s'était mis à palpiter. C'est en cherchant la manière de justifier à mes parents un voyage à Tokyo que le doute s'était imposé, car en m'imaginant leur mentir, j'avais le sentiment de compromettre toute mon éducation. J'avais alors refusé avec une tristesse résolue.

De retour à mon poste, sans vraiment mettre d'ardeur à la tâche, je m'étais pourtant abandonnée aux rêveries qu'inspirait l'offre de Rina. C'était une sorte de fermentation douloureuse qui m'avait agitée tout l'après-midi. Ce vaste monde devait contenir un lieu salutaire qui pourrait me sortir de ma banalité. Et si j'avais honte d'être bouleversée de la sorte, je devais admettre que depuis le milieu de l'adolescence, j'étais mécontente de moi-même. Mes réussites scolaires et la fierté de mes parents ne me suffiraient donc jamais pour être heureuse.

Avec le sentiment d'avoir changé d'état d'esprit, j'avais annoncé à Rina mon désir de l'accompagner. Puis j'avais appelé mon père, la voix étranglée par l'émotion, pour prétexter des études à la bibliothèque. Il avait tressailli de joie à l'idée d'avoir une fille aussi studieuse.

Assise dans le train express pour Tokyo, la perspective de rencontrer un étranger m'avait donné de la vigueur.

— Tu vas rester habillée comme ça?

Rina enroulait sa jupe à la taille pour en raccourcir la longueur.

— Je n'ai pas d'autres vêtements.

— Je me changerais bien, mais mon Américain est excité par les femmes en tenue de travail. Prends ça, si tu veux.

Elle m'avait tendu une robe tube blanche que j'avais refusée poliment.

— OK. Alors tiens-moi ça.

Elle avait replacé ses cheveux, épongé les parties grasses de son visage, vérifié l'aspect de ses dents dans le reflet du miroir planté entre mes mains. Elle avait sorti sa trousse de maquillage et, après avoir caché ses boutons avec un fond de teint de mauvaise qualité, elle avait appliqué du fard bleu sur ses paupières.

— Tu n'es pas comme moi, ta beauté ne te rassure pas. La mienne semble tellement commerciale à tes côtés.

Je m'étais évertuée à chercher une réponse consolante, du genre je te trouve très jolie, moi. Mais à la vitesse où les secondes s'étaient écoulées, je n'aurais rien pu ajouter sans paraître fausse.

— Mes amies te ressemblaient lorsque j'étais au collège. Depuis que j'ai changé de look, elles ne me parlent plus.

L'œil triste, elle avait rangé sa trousse dans son sac à main rouge criard dont les coins commençaient à s'écailler.

— Regarde ça, à peine une semaine que je l'ai. T'as pas du vernis à ongles de la même couleur pour le réparer?

Pendant que je secouais la tête de gauche à droite, elle me fixa comme si j'étais une bonne à rien, puis elle sortit son téléphone.

— C'est pas plus grave. De toute manière, je crois qu'on pourra faire une bonne équipe. Les Américains partent dans une semaine. Après, je voudrais bien me trouver quelqu'un d'autre. Et à deux, c'est beaucoup plus facile.

— Ah bon?

— Je vais prendre ton numéro. Comment tu écris Nanami? Avec les idéogrammes de sept océans ou de vague d'été?

— Non. Ceux de belle pousse.

Je baissai les yeux.

Mon père agriculteur avait choisi ce prénom.

Arrivée au club, j'avais jeté partout des regards appréhensifs. La plupart des filles avaient les cheveux teints d'une couleur qui allait du châtain clair au blond platine, de gros seins et des vêtements révélateurs.

— Sommes-nous dans un bar de prostituées?

— Ce que tu peux manquer de nuance!

Je l'avais fixée dans l'attente d'une explication.

— Elles sont comme des groupies aux premières rangées qui veulent attirer les musiciens. Pour elles, rien n'est plus attrayant qu'un touriste.

Sa façon de parler démontrait qu'elle estimait ne pas faire partie du lot, ce qui m'avait surprise. Un groupe de jeunes femmes était entré et le regard de Rina s'était assombri.

— Les pestes. Elles rôdaient autour des auberges de Shinjuku avant que l'une d'elles ne soit tuée. Maintenant elles viennent ici.

Elle les observait avec mépris.

— Regarde-les qui attaquent déjà. Elles ne savent pas ce qu'elles font. On ne donne pas tout à un expatrié, comme on le fait avec un touriste, le premier soir. Elles vont se brûler, ils se lasseront d'elles.

Elle s'était approchée et, contrariant son naturel, elle avait chuchoté.

— Beaucoup d'expats ressentent un problème d'insécurité. Souvent ils n'ont pas beaucoup de succès dans leur pays natal. Il faut leur laisser croire qu'on hésite, qu'ils doivent nous séduire, qu'on résiste, pour qu'ils sentent une réparation, que l'estime augmente, et qu'ils s'attachent.

— Mais c'est dangereux, non ?

— Quoi ?

— Repartir avec un inconnu.

— C'est justement parce qu'il y a un risque, Belle-Pousse, que c'est amusant. Tiens, va nous chercher à boire.

Elle m'avait tendu deux billets de mille yens. Dans la pénombre, j'avais rassemblé mon courage pour me frayer un chemin jusqu'au bar. Il me pressait soudain de retrouver mon lit, chez mes parents. Comme je me trouvais sotte ! J'avais bien sûr le droit d'être bête à dix-neuf ans, mais le jour où j'aurais mari et enfant, ce serait interdit. Pendant que je me disputais comme si j'essayais de raisonner une autre femme, je n'étais pas arrivée à attirer l'attention d'un barman.

Je m'étais retournée, prête à filer vers la sortie. Alors que je cheminais vers Rina pour lui remettre son argent, j'avais pitié des rires forcés et des bribes d'anglais approximatif qui atteignaient mes oreilles.

À table, Rina faisait signe à un homme de nous rejoindre. Derrière suivait l'ami dont je devais m'occuper. Il ne m'avait pas paru différent des autres, pourtant mes poils s'étaient dressés.

J'avais la certitude qu'il ne m'avait toujours pas remarquée, mais ses lèvres étaient venues embrasser mes deux joues. J'étais restée clouée sur mon siège, incapable de réagir. Cette approche, aucun Japonais ne se la serait permise.

— I'm Jeffrey. Nice to meet you.

De la centaine d'hommes que j'ai rencontrés avant Olivier, c'est le seul dont le prénom résonne encore aussi clairement.

Il m'avait examinée avec une curiosité avide. Surprise de lui plaire, je n'avais plus souhaité partir. Il m'avait posé des questions auxquelles je répondais brièvement en baissant les yeux, et chaque fois, je trouvais merveilleux qu'un être venu de l'Amérique s'intéresse à une jeune fille de la campagne.

Quelques heures plus tard, dans les toilettes du bar, j'avais eu ma première relation sexuelle. Après que Jeffrey en fut sorti, j'y étais restée enfermée, certaine que j'allais vomir. Il m'avait attendue pour m'expliquer que je ne pourrais l'accompagner à son hôtel, car il couchait dans un dortoir.

En entrant chez moi, j'étais heureuse que mes parents soient déjà endormis. Je ne crois pas que j'aurais pu croiser leur regard. J'étais allée dans la salle de bains pour me savonner longuement. Le dégoût que m'inspirait cette fin de soirée engendrait un malaise qu'il me fallait dissiper. C'est ainsi que mes pensées s'étaient réorganisées dans le but d'amoindrir mes remords. Paradoxalement, la seule échappatoire aux tensions causées par mon aventure avec Jeffrey, la seule manière de vivre une expérience assez intense pour annihiler mes angoissantes introspections avait été de rêvasser à notre baise en me caressant.

Au cours des semaines qui ont suivi, pour étouffer la nervosité qui me gagnait durant la préparation d'un examen, il n'était pas rare que je ranime cette scène en me touchant. Mais l'effet salutaire de ces fantasmes s'atténuait chaque fois, et peu avant les épreuves de fin d'année, je m'étais retrouvée sur le chemin de Tokyo en quête de sensations plus fortes.

Dès la troisième fois, c'était devenu compulsif. Plus j'avais de mal à contenir mes émotions, plus vite je développais une stratégie pour me permettre une échappée. Au fil des mois, pourtant, de ces escapades aussi, il m'arrivait de me lasser. Car si, au départ, ma tête parcourue d'adrénaline pouvait tout oublier, avec le temps, je n'éprouvais qu'insatisfaction, culpabilité et peur d'être démasquée.

Or, le jour où Olivier était entré au BV, j'avais retrouvé cette sensation de décharge électrique. Bien d'autres filles s'étaient remuées sur son passage, mais lorsque nos regards s'étaient croisés, j'avais senti d'instinct que nous étions de la même race, que nous menions tous deux une vie tournée vers le monde, et une autre, sombre, connue de nous seuls. Cela m'avait gagnée.

Nous avions discuté une quinzaine de minutes avant qu'une femme ne l'aborde d'un sourire invitant. Assise à côté d'eux sur la banquette, je me sentais ridicule. Je tendais l'oreille vers leur conversation en cherchant une manière élégante de m'éclipser. Olivier expliquait qu'il était à Tokyo pour un stage de danse butô et la jeune femme, en guise de commentaire, lançait des blagues licencieuses qui soulignaient son manque d'éducation.

Il préfère les idiotes, avais-je pensé en agrippant mon sac. Mais au même moment, il s'était tourné avec désinvolture pour m'inviter à son hôtel. Si son regard paraissait tourmenté, je ne me sentais pas menacée par la folie latente qu'il trahissait.

Pendant notre rapport intime, pour la première fois de mon existence, je m'étais enfin *liée* à quelqu'un. Je m'expliquais mal pourquoi, mais je m'étais crue dans un espace où l'on m'acceptait inconditionnellement et où j'étais prise en charge.

En soirée, encore attablée avec mes parents, mes pensées répétaient sans cesse les moments clés de notre contact, tant pour en confirmer la réalité que pour me permettre d'en jouir à nouveau. Et c'est avec peine que je refoulais tantôt un gloussement, tantôt une larme silencieuse. J'éprouvais déjà pour Olivier des sentiments incontrôlables. Prise au dépourvu, j'avais fui vers ma chambre, me demandant si c'était de l'amour. Bien que ma raison indiquât qu'il m'aurait rendue malheureuse, je m'étais inventé un bonheur où je l'accompagnais en Suisse pour mener une vie de bohème. Juste à y penser, une force agissante était née. C'est ce qui m'avait poussée, contrairement à mes habitudes, à accepter un deuxième rendez-vous, et d'autres encore.

Je ne ressentais plus le besoin d'aller au BV. Mes études à peine terminées, j'avais quitté la résidence familiale et loué une chambre près d'une gare. Pendant ma première semaine de vacances, je n'en étais sortie que pour retrouver Olivier. Transportée par l'excitation, le plaisir et le danger, il m'arrivait de croire qu'en le voyant je devenais une autre. Mais je finis par me demander si ce n'était pas mon moi des jours ordinaires qui était l'étrangère et si ma vraie personne n'était pas celle qui s'amusait avec lui dans les bars et les hôtels de Tokyo.

Car seule à l'appartement, sans travaux à rédiger, je ne savais absolument pas à quoi me consacrer. Je restais devant le téléviseur, attendant l'appel d'Olivier, épouvantée par ma vacuité, incapable de m'habiller ou de mener le moindre projet à terme.

C'est pourquoi, lorsque mon téléphone avait sonné et qu'on m'avait invitée à un entretien grâce aux recommandations de mon professeur, j'avais accepté sur-le-champ.

Hirosuke m'avait reçue en entrevue. Il ne m'avait pas fait une impression particulière. Je me rappelle seulement la rapidité avec laquelle tout s'était conclu. Mes références étaient éclatantes et son estime pour son oncle, le professeur Koike, était telle que cette rencontre tenait plutôt de la simple formalité.

À partir de ce jour, un quotidien terne débuta. Je mettais plus d'ardeur au travail qu'à me faire des amis, passant mes pauses devant mon écran d'ordinateur plutôt qu'à discuter dans la salle de repos. Des collègues masculins m'invitaient parfois à prendre un verre, ce que je refusais poliment, n'y trouvant aucun intérêt. Je fixais mon téléphone en espérant Olivier.

Le soir, je me sentais insignifiante, misérable, éteinte. Je me laissais sombrer dans mon milieu professionnel. Tu passes à côté de ta vie, pensais-je en guettant le sommeil. Et une fois endormie, il n'était pas rare que je me réveille d'un rêve où j'étais sur le point de mourir. Le cœur palpitant, j'avais la conscience que mon corps était une machine qui pouvait à tout moment se détraquer.

C'est à cause de ce genre de réflexion que j'avais accepté de manger avec Hirosuke. Peut-être aussi parce que plusieurs employées trouvaient notre superviseur charmant et que la perspective de les rendre jalouses me flattait. Puis le ton de sa proposition, dans lequel ne transparaissait aucune trace de jeu, m'avait plu. Contrairement aux autres collègues, il ne semblait pas menaçant. Le repas avait été agréable et, surtout, ce dont je me souviens le plus précisément, c'est qu'il m'avait rassérénée.

Ce soir-là, d'ailleurs, lorsque Olivier m'avait appelée après quatre jours sans donner de nouvelles, j'avais pensé que c'était grâce à Hirosuke. Mon amant avait flairé la concurrence et cela avait éveillé l'instinct du primate.

Cela dura encore quelques semaines. Je passais de l'un à l'autre. Avec Olivier, je découvrais la sensation ardente, parfois excessive, de faire l'amour ligotée. Avec Hirosuke, je mangeais au restaurant après le travail, parlais d'avenir, tout cela sans émoi. Si l'aller-retour entre les deux hommes me convenait, je savais qu'il me fallait y mettre un terme. Bien qu'objectivement le choix fût facile, je devinais que l'alliance qui se nouait avec Hiro était périlleuse, des signes attestant que j'étais peut-être mal disposée à la traditionnelle vie à deux.

Mais ces signes, je ne voulais pas les écouter.

Le paysage défilait. Un an avait passé sans que je remette les pieds à Tokyo. Le trajet, j'avais l'habitude de le parcourir seule, m'abandonnant à des rêveries oisives qui me rendaient aussi heureuse qu'elles m'effrayaient.

Le téléphone se mit à vibrer. La vue du nom affiché sur l'écran éteignit ma fièvre. C'était Hirosuke. Olivier ne réagit pas. Son regard, fixé droit devant, donnait l'impression d'être concentré.

— Comment s'est passée la visite?

— Très mal. Mitsuko était là. J'aurais aimé que tu respectes notre entente.

— Mais je ne pouvais pas prévoir, Nanachan.

— Tu es le premier homme à m'appeler ainsi. J'aurais préféré ne pas savoir qu'une autre t'appelle encore Hiro.

Il s'excusa abondamment. Le sujet, entre nous, était délicat. Un jour où, timidement, il m'avait demandé si j'avais fréquenté d'autres hommes, j'avais répondu par la négative. Comme je m'étais toujours montrée farouche avec tous les employés du bureau et que même mes meilleures amies ne me connaissaient aucune liaison, je m'étais enfermée dans mon propre mensonge. À partir de ce jour, il m'importa de ne pas ternir cette image de perfection. En conséquence, il se reprochait ses précédentes aventures. Et c'était plus fort que moi, je développai une façon de lui insuffler l'impression que son passé était indigne de ma pudicité.

— Elle m'a même suggéré de ne pas t'épouser.

— Haha! Elle a dit ça?

Je demeurai silencieuse, espérant qu'il commente. Il demanda où j'étais. Je regardai Olivier, à ma gauche. Il n'avait toujours pas changé de position, mais une ride creusait son front.

— Dans le train pour Tokyo. J'ai négligé mon bénévolat depuis un moment. À voir notre maison, notre chance, je me suis sentie redevable.

— Tu veux promener des vieux avec la pluie qui s'annonce?

Cette affirmation fit presque s'écrouler la faible architecture de mon mensonge. Je redoublai d'efforts pour rester concentrée.

— J'avoue ne pas avoir trop réfléchi. De toute façon, je pensais en profiter pour acheter des meubles.

Lorsque se termina la conversation, alors qu'en sortant du wagon j'évaluais la finesse de ma tromperie, la fatigue du matin revint m'envahir.

Affaiblie, j'avançais sur le quai, accrochée au bras d'Olivier. Au loin, je crus apercevoir le professeur Koike. Il ne devait pas exister beaucoup de sexagénaires rachitiques aux montures de lunettes orange. Je remontai mon foulard sur mes cheveux : s'il m'a vue avec Olivier, il me posera naïvement une question lors de notre mariage, et la vigilance d'Hiro sera sans faille.

En pressant le pas, je sentis que j'hypothéquais mon avenir. Malgré mes efforts pour repousser cette constatation, il était trop tard. Mes nerfs me lâchèrent et le sol m'attira avec force. Alors que mon corps s'effondrait, les mains promptes d'Olivier agrippèrent ma taille. Pendant que je m'affaissais contre lui, son odeur emplit mes narines et son souffle enveloppa mon cou. Durant quelques secondes, je devins incapable de remuer, prise dans un évanouissement duquel mon corps ne souhaitait plus sortir.

Nous avons été accueillis à l'hôtel par une sirène d'alarme qui laissait tout le monde froid. Le personnel semblait se dire : « Oh, encore ! », et je conclus qu'on n'était pas très pressé de restaurer les infrastructures des immeubles mis à la disposition des étrangers.

— Si seulement l'édifice pouvait partir en flammes, mes problèmes seraient réglés.

Une fois à l'étage, même si elle ne nous regardait pas, je m'efforçai de sourire à la femme qui nettoyait le corridor.

Olivier retira l'insigne « Ne pas déranger » de la porte. Lorsqu'il l'ouvrit, un vent glacial me fouetta. Le contraste, en ce temps de canicule, était saisissant.

— Avec cette chaleur, je craignais que le corps se décompose.

Le climatiseur fonctionnait à plein régime et les gouttelettes de condensation qui tombaient sur le drap en dessous laissaient deviner la forme du visage qui en était recouvert. Olivier me tendit un tricot, puis l'alarme se tut, d'un seul coup.

— J'ai pensé me tuer hier. C'est comme ça que j'ai eu l'idée de la lettre. Je ne veux pas que ma vie change.

Sa voix tremblait. Dans la demi-obscurité, je m'approchai du cadavre. Olivier appréciait ma détermination, et bien que je m'y sois montrée insensible, je m'abreuvais de ses éloges. Dans ces circonstances particulières, alors que s'élevaient dans ma tête les murmures outrés de ma belle-famille dénonçant ce que cachaient mes airs angéliques, les louanges d'Olivier me rassuraient.

Je retirai le drap. Une bouffée de chaleur me submergea. Même si je suais de honte à l'idée d'être mêlée à cette histoire, le cadavre excitait une curiosité que je voulais apprivoiser.

La jeune femme ne portait plus qu'un soutien-gorge. Ses ongles manucurés étaient couverts d'un vernis pourpre de couleur assortie. Ses seins, à l'opposé des miens, étaient d'une rondeur ferme. En pensant qu'Olivier, quelques heures auparavant, lui faisait l'amour, un sentiment de jalousie monta en moi.

— Tu es sûr que tu ne veux pas tout raconter à la police ?

Je me tournai pour l'affronter. Les yeux rouges, il se tenait dans le coin opposé de la pièce. Sa peur de la morte était renversante.

Je concentrai mon attention sur la jeune femme dont j'écartai les cheveux roses abîmés par les teintures. Je me rappelai avoir aperçu son visage au BV. Toujours aussi beau, il n'avait pas perdu ses couleurs, mais ses yeux ouverts avaient pris un aspect vitreux. Un filet de salive avait séché sous sa lèvre et je ne pus m'empêcher, à l'aide du pouce, de le faire disparaître. Puis je tentai de tourner sa tête pour mieux observer l'hématome sur son cou, mais celui-ci était devenu rigide.

— La chambre est à ton nom ?

— Oui.

— Personne ne croira au suicide, même si on la pend. Et tu seras le premier interrogé.

Mon aplomb me sidérait. Tout me venait avec un naturel déconcertant.

— On vous a vus ensemble ?

— Je l'ai rencontrée au BV. J'ignore si on nous a remarqués.

— Son nom?

— Elle me l'a dit, mais j'ai oublié. Aucune pièce d'identité.

— On a bien peu d'informations... Peut-être que cette nuit tu pourrais la jeter dans le Sumida. Elle sera retrouvée sur la rive demain matin et une enquête commencerait aussitôt...

Olivier se remit à pleurer, ce qui renforça ma vigueur. Le sang me battait les tempes.

— Une chose est sûre, elle ne peut rester ici. Tu vas louer une voiture et la transporter à ma nouvelle demeure. On va la mettre au congélateur et on verra ensuite.

La perspective de souiller le cadeau offert par Mitsuko satisfaisait ma rancune. Dans ce moment de triomphe, je débordais de méchanceté. Olivier m'examinait en plissant les yeux. Son front se rida.

— Couvre-la, s'il te plaît. Je ne peux plus la regarder.

Je le considérai en silence. À ses pieds, la valise où il rangeait ses accessoires érotiques était entrouverte.

— Et rejoins-moi quand tu auras terminé, j'ai besoin que tu me touches.

Je me détournai pour envelopper la morte. Ce fut comme si je pansais une énorme blessure. Chacun de mes gestes se fit lent, soudain libre du poids de mes pensées et de mes problèmes. Puisque je m'attardais, Olivier cessa bientôt de me réclamer. J'ouvris le petit réfrigérateur, sortis les grilles, la bière, le lubrifiant et le réglai au plus froid.

— Je ne peux vraiment pas t'aider, c'est au-dessus de mes forces.

J'essayais de plier la morte, pour l'y enchâsser, mais elle avait perdu toute flexibilité. J'abandonnai ce projet et, après m'être relevée, j'effaçai autour d'elle les traces qu'avaient laissées mes genoux sur le tapis. Olivier empoigna ma main et vint déposer un baiser dans mes cheveux. Comme cet après-midi, mon corps refusa de s'abandonner. Les yeux grands ouverts, pendant qu'il me serrait contre lui, j'observai à travers les stores le mouvement de la ville. Non loin, deux voitures de police s'immobilisaient près du BV. Avait-on déjà signalé la disparition de la jeune femme ?

Libérée de l'étreinte, une sensation de vide m'envahit. Il ne fallait pas que cette dissimulation m'enlève toute valeur morale. Il était temps de découvrir de quoi j'étais vraiment capable. En pensant à cela, j'eus l'impression d'avoir enfin un but.

Dehors, le tonnerre grondait, mais toujours pas la moindre trace de pluie.

— Nous voilà plus liés que jamais.

Il avait raison. Il habitait maintenant ce fossé qui me séparait d'Hiro.

— Ça va aller ? Tu ne reculeras pas demain, lorsque j'arriverai en voiture ?

— Non, je ne reculerai pas.

— As-tu peur ?

Une frayeur qui me soustrayait à mes habituelles afflictions s'enracinait progressivement.

J'espérais que rien ne pourrait m'en distraire.

Au cours du trajet me ramenant vers la maison, l'effet produit par les événements de l'après-midi se prolongeait. Contrairement à l'impression de lassitude qui s'installait pendant le retour, l'image de la morte m'insufflait de l'énergie.

À la sortie de la gare, je trouvai un taxi. Dans la voiture monta le goût amer d'une pensée accablante : je devais mettre fin à cette agitation qui m'emplissait pour me préparer à revoir Hiro. Pas question d'improviser lorsqu'il s'enquerrait de mon périple à Tokyo.

Je pris une longue inspiration. Dans le rétroviseur, j'aperçus que mes joues s'étaient empourprées. J'expirai profondément. Redevenir la Nanami impassible de tous les jours s'avérait difficile.

Une clairvoyance me fit ordonner au chauffeur de ralentir. Je sortis de la voiture et m'arrêtai sur un banc public, près d'un carrefour achalandé. Je restai là, me laissant envahir par la clameur des passants. Ce fourmillement perpétuel m'appesantit et mon corps se laissa engourdir.

Le bruit du tonnerre me fit sursauter. Dans l'obscurité, mes yeux cherchèrent aux alentours. Les piétons se faisaient rares. Une brise s'était élevée et de l'air humide baignait la ville. Voilà qu'il n'allait pas tarder à pleuvoir. Avec tristesse, je nouai mon foulard autour de ma tête. Depuis mon déménagement chez Hiro, jamais je n'avais été surprise par la pluie. Pendant le journal télévisé, il se levait dès qu'on en annonçait pour placer nos parapluies dans le socle, au bord de la porte d'entrée.

À la maison, alors que je me déchaussais, un tremblement me saisit en l'apercevant. Peu importait le raffinement de mon mensonge, cet oubli constituerait la preuve de mon trouble. En agrippant le parapluie, je sentis mes genoux fléchir. Je plantai la pointe dans le tapis d'entrée pour conserver mon équilibre.

— Tu as trouvé ce que tu cherchais?

— Oui, j'ai repéré les cadeaux génériques. C'est pour tes parents que j'ai plus de mal.

J'avais parlé, d'abord ébahie par le naturel de ma voix, mais à la surprise succéda une certaine gêne. Hiro, plutôt que de me répondre, se mit à pleurer. Il savait. Comment avait-il découvert la vérité? Le professeur Koike à la gare? J'avançai, prête à m'agenouiller pour tout expliquer.

— L'état de mon père s'est aggravé.

C'était si imprévu que je perdis contenance. Embarrassée, je m'assis à ses côtés. Je toussai, cherchai en vain une formule appropriée. Il sanglotait, racontait sa peine, son sentiment d'impuissance. Un instant, il contempla le téléviseur et commenta une nouvelle en ayant l'air tout à fait normal. Il exprimait ses émotions au moment où elles se présentaient à lui, sans tenter de les maîtriser ou de les étouffer. Pleurer perdait son caractère tragique. Je le regardais traverser ce drame la tête complètement vide, incapable de prononcer une seule parole. Devant l'adversité, il s'exposait sans crainte. Loin d'être séduite, j'étais terrorisée à l'idée de ne jamais être à la hauteur.

— À quoi penses-tu, Nanachan?

— Je ne sais trop. Dans ce genre de situation, je me dis qu'il serait approprié de te consoler de manière maternelle, mais je me sens si rigide à l'intérieur.

Il me regardait sans curiosité, incapable d'être emporté par les profondeurs de l'autre. S'il avait prononcé ce genre de phrase, je ne l'aurais jamais laissée tomber à plat. J'aurais cherché à comprendre ce qu'elle voilait. Il n'avait ni yeux ni oreilles pour les zones troubles, et s'il m'avait croisée à la gare marchant au bras d'Olivier, je ne crois pas qu'il m'aurait reconnue.

Je lui caressai timidement le dos, sans trouver les mots pour le consoler. Je pouvais secourir un amant affolé, enrouler une morte dans un drap, mais j'ignorais comment soutenir mon fiancé affligé à l'idée de perdre son père. J'essayai d'imaginer le mien, étendu sur le sol, blêmissant au même rythme que la jeune femme de cet après-midi, pour voir si ces pensées me feraient vibrer. Rien ne bougeait. Et j'eus beau me forcer à ressentir de la compassion, aucun élan ne me tirait de cette aridité.

Il s'approcha et m'embrassa amicalement.

— Tu es vraiment merveilleux.

Bien que sincère, je regrettais cette phrase qui ne trahissait en rien ce qui m'assaillait. Il m'examina avec plus d'intérêt. Je crus qu'il avait enfin décelé un dérèglement. Il se leva d'un air dramatique et je baissai les yeux, craignant les paroles qui allaient sortir de sa bouche.

— Mais regarde-toi, tu es complètement trempée.

À mesure qu'il dénouait mon foulard et me séchait à la serviette, une douceur me gagnait. Dehors, le tonnerre inondait le ciel et mon fiancé m'étreignit fortement pour m'en protéger.

Puis, petit à petit, nous nous sommes tournés vers l'écran du téléviseur. Cela faisait près d'un an que, tous les soirs, Hiro m'imposait son habitude. Je songeai à Mitsuko qui la détestait aussi. Mais au lieu de ruminer mes embêtements, de rester assise en me résignant à mon sort, je n'y prêtai pas attention. Installée auprès de lui, je ne subissais plus cette langueur du corps ressentie jusque-là, car l'image de la morte, dans ma tête, reprenait toute la place.

Ce n'était ni une fiction ni une hallucination. Malgré tout, cela ne me semblait pas relever de la réalité. Et ce qui par-dessus tout demeurait, c'était l'impression encore palpitante d'avoir touché quelque chose d'étranger au monde dans lequel j'avais vécu jusqu'à ce jour. Cette sensation, cette curieuse vitalité m'animait au point où je craignis que le mur épais conditionnant mon existence ne commence à s'effriter.

Au milieu de la nuit, incapable de retrouver le sommeil après m'être éveillée en sursaut, je me refusai un deuxième somnifère. Assise dans le salon, je regardais par la fenêtre l'extérieur silencieux. Le ciel, les maisons, la rue, tout se confondait en un gris foncé. Puis cela devint flou. Je me levai pour aller mettre de l'ordre dans nos factures.

D'instant en instant, une souffrance s'aiguisait.

Je me privais de tout le plaisir que la vie pouvait me donner.

Je me servis un verre à même la réserve d'Hiro. Il n'était pas trois heures du matin. La plus grande confusion régnait dans mes idées, mais plutôt que de me laisser gagner par l'inertie, je me forçai à rester active.

Je nettoyai les planchers, la salle de bains au grand complet, buvant régulièrement des gorgées de scotch. Au bout de deux heures, l'appartement d'Hiro ressemblait à ceux que l'on peut voir dans les magazines de décoration.

Je me dirigeai vers la cuisine. Pour ne pas faire de bruit, j'empoignai les chaudrons avec soin, refermant les armoires avec précaution. Une heure plus tard, je chantonnais en dressant la table.

Hiro s'approcha comme un animal heureux, satisfait de l'odeur qui régnait dans la pièce. Je me concentrai pour que rien dans mon visage ne puisse l'alarmer. Ses yeux balayèrent le contenu des plats, puis il jeta un coup d'œil au cadran de la cuisinière.

— Bon sang, à quelle heure t'es-tu levée?

Il s'installa à table sans attendre de réponse et nous mangeâmes en discutant de tout et de rien.

Au moment où la camionnette recula dans l'entrée, j'examinai le voisinage en espérant que personne ne porterait attention à son conducteur. Je vérifiai à deux reprises que le rideau de la fenêtre de madame Miyabe ne s'était pas agité.

Mitsuko m'avait parlé d'elle. Membre du comité de quartier, elle s'était octroyé la mission, dans le cadre des actions de prévention des crimes, d'informer la police de toute anomalie qu'elle remarquait dans la rue. S'il fallait que sa méfiance soit éveillée, je pouvais me préparer pour la prison.

Pendant qu'Olivier sortait avec son fardeau et chancelait vers la porte d'entrée, je n'avais toujours rien observé d'inquiétant. Tout de même, j'attendis le dernier moment pour lui ouvrir.

— T'as plus d'une heure de retard !

— C'est que ton plan est idiot. Faut vraiment manquer de jugement. Les embouteillages, votre signalisation débile... Si j'avais fait une erreur de conduite et que la police m'avait arrêté... Je n'ai même pas de permis international. T'imagines s'ils avaient fouillé le coffre ? Mais peut-être que c'est ce que t'espérais ? Te débarrasser de moi.

Je ne répondis pas. Olivier déposa la femme sur le sol et reprit son souffle. Dès que le corps enveloppé se retrouva à mes pieds, je dus lutter contre l'incertitude.

— Et louer une voiture, tu y avais réfléchi? Présenter mon passeport, préparer un motif au cas où la police m'interroge. J'ai dû aller jusqu'à Ikebokuro pour acheter un véhicule d'occasion.

J'essayais de ne pas me laisser troubler par sa colère. Le reste d'alcool dans mon sang m'aidait à résister.

— L'important, c'est que tu sois là. Maintenant, portons-la au sous-sol.

Il se pencha, agrippa le cadavre aux chevilles, et je le soulevai par les épaules. Les gouttelettes échappées du climatiseur avaient laissé des traces jaunâtres sur le drap.

— Comment peut-elle être si lourde?

Le son de ma voix, dans cette maison presque vide, paraissait venir de l'extérieur.

Une fois la porte du congélateur ouverte, pendant qu'Olivier y déposait la morte, je dissimulais mal ma fébrilité.

— Doucement, doucement.

— Veux-tu bien te taire.

Le drap glissa entre ses doigts et la tête du cadavre heurta le fond de l'appareil. Le bruit était sinistre. J'attendais derrière lui, des planches de mélamine entre les mains.

— C'est pour la recouvrir. Il ne me restera plus qu'à tout remplir de nourriture et l'illusion sera parfaite.

Je verrouillai la porte et me tournai vers lui pour recevoir ses compliments.

— Voilà. Maintenant, tu n'as plus à t'en soucier.

Olivier lâcha un rire. D'abord, je ne compris pas ce qui l'avait provoqué, puis aussitôt se raviva la douleur noire qui persistait depuis nos adieux. Mais ensuite, après avoir reconnu ma candeur, un sentiment de frayeur me gagna. Il était trop tôt pour cesser de m'en faire. Je me laissai tomber sur sa poitrine.

— Tu es si grand.

Il me serra contre lui, me renversa, puis ses lèvres se posèrent contre les miennes. Il embrassait différemment de mon fiancé. Plus généreux, il utilisait sa langue de manière à m'appâter. J'en déduisis à contrecœur que rester davantage avec Hiro consistait à renier pour toujours une partie de mon être. Mais il était si hasardeux de calculer le prix d'une rupture, de mesurer ce que j'y gagnerais et l'ampleur des regrets que je pourrais avoir à mener une existence moins conventionnelle.

— Pourquoi tu m'aides ?

Des inflexions prétentieuses modulaient le timbre de sa voix, comme s'il s'attendait à ce que je réponde : «Je suis amoureuse de toi.» Peut-être était-ce précisément ce qui avait motivé sa demande. Pendant que je farfouillais pour trouver une justification honnête, il me pressa vigoureusement contre lui et m'embrassa de nouveau.

Mes jambes se ramollirent. D'anxieux fantasmes m'envahirent et je me retrouvai, sans avoir pu dire un mot, la robe ouverte, le dos cambré, les seins offerts. Il tira mes cheveux vers l'arrière et sa langue descendit le long de mon ventre. Le corps dénudé, presque complètement abandonnée, je l'arrêtai, suppliante.

— Pas dans la nouvelle maison !

Olivier se tenait là, les pupilles dilatées, en état de totale frustration. Son visage était couvert de sueur. Je reboutonnai ma robe en cherchant mon souffle.

— Vaut mieux que tu partes.

Avec méfiance, je restai silencieuse devant son expression tourmentée.

Il essaya de se composer un air doux pour demander comment je me débarrasserais du corps, mais la tension en lui continuait de croître. Dans la hâte qu'il parte, je banalisai la complexité de la tâche.

— J'aimerais bien m'en remettre à toi, mais c'est trop important.

— Repars avec elle si tu veux.

Ma riposte éveilla sa fureur. Au même moment, la porte d'entrée s'ouvrit.

— Y a quelqu'un? Qui s'est garé dans l'entrée?

Je poussai Olivier vers la fenêtre donnant sur l'arrière. De manière athlétique, il souleva son corps jusqu'à l'ouverture, au niveau du sol.

— Donne-moi les clés, je vais dire qu'on m'a prêté la camionnette. Demain après-midi, tu reviendras la chercher.

— Tu n'en auras pas besoin pour faire disparaître le cadavre?

— Je t'attends pour quatorze heures. Et sois discret.

Je fermai la fenêtre, ne lui accordant plus la moindre considération. Entretemps, j'entendais Hirosuke qui inspectait l'étage du haut. En montant les escaliers pour le rejoindre, je me préparais à d'éventuelles questions.

— Nana! C'est toi!

— Je croyais que tu devais passer à l'appartement avant de venir.

— Oui, j'ai eu le temps. Mais toi? Tu n'es pas à ton examen de français?

J'essayais tant bien que mal de soutenir son regard pendant que ses doigts caressaient mon bras nu. Son attention était si concentrée que mon excuse ne me paraissait plus à la hauteur.

— Non. Il a été annulé. J'ai emprunté la camionnette d'une collègue. Je voulais en profiter pour récupérer un meuble chez mes parents.

— Pourquoi ne pas m'avoir attendu?

Je le laissai sans réponse.

— Je peux voir ce que c'est?

— Je n'y suis pas allée. Je n'arrivais pas à me bouger. Au moment de partir, la tâche m'a semblé si pénible que je me suis découragée.

Il revint sur ses pas et me regarda avec tendresse. Il me prit dans ses bras. Contrairement à ceux d'Olivier, ses gestes manquaient de fermeté.

— Tu aimes ça ici?

— Oui, c'est grand.

Ses manières molles et distraites me levaient le cœur.

— Presque tous les meubles ont été livrés! Et je vois que tu as déjà acheté de quoi décorer!

Il amorça un mouvement vers mes fesses.

— Laisse-moi un peu, je dois nettoyer les planchers. J'ai vu des petites taches de peinture.

— Lorsque tu seras ma femme, tu ne pourras plus me dire non.

La remarque se voulait humoristique, mais elle jeta plutôt un froid entre nous. Incommodée par la tournure des événements, alors que nous étions pour la première fois seuls dans notre maison, je me réprimandai intérieurement pour ma conduite. Je reculai contre lui et, me confinant à mon rôle, je l'incitai à m'enlacer.

De derrière, il me regardait dans le miroir, bécotant mon cou. Alors qu'il caressait mes seins, je réussis à faire taire toutes mes protestations. Je m'abandonnai à ses mains en observant notre reflet. J'étais ébahie. Il n'existait aucune différence visible entre une intention frauduleuse et une intention amoureuse.

De retour à son appartement, Hiro m'embrassa avant de s'installer au salon pour écouter une partie de baseball. Il était encore heureux de notre rapprochement impromptu. Dans la salle de bains, je me savonnai longuement en laissant couler l'eau pour couvrir le son du téléviseur. Une fois rincée, je me recroquevillai dans la baignoire, déterminée à entreprendre la lecture d'un roman policier. Les robinets fermés, j'entendais toujours de discrètes exclamations. Je me levai et mis en marche le séchoir à cheveux. Je cessai de respirer le temps de m'assurer qu'aucune sonorité extérieure ne m'atteindrait, puis j'actionnai tout de même le rasoir électrique, enroulai une serviette autour de mes oreilles et retournai à la chaleur de l'eau.

J'avais du mal à m'intéresser au récit. Le héros représentait les forces de l'ordre et tout dans l'histoire n'était qu'esprit de synthèse et déduction, précisément ce que je cherchais à fuir dans mes lectures. Je préférais de loin les polars mettant en scène des meurtriers à la personnalité perverse, car ils accéléraient mon rythme cardiaque et provoquaient toutes sortes de réactions incontrôlées. Aussi, lorsque je refermais un livre, je me sentais toujours mieux dans ma propre vie.

Je fis couler un peu plus d'eau chaude. Pendant que le policier examinait méthodiquement le cadavre, je devais combattre mes propres fictions où j'élaborais une manière nouvelle de faire disparaître la jeune femme.

Hiro me fit sursauter lorsqu'il entra dans la pièce et mon réflexe fut de cacher mon corps nu. Ses sourcils se froncèrent à la vue de mon assemblage. Je m'efforçai de sourire comme si tout était normal. Il fit de même.

— On pourrait apporter quelques boîtes et dormir à la maison ce soir.

Je pensai au souper à préparer, aux côtelettes de porc qui dégelaient sur le comptoir, au corps à dissimuler sous la nourriture, mais je me résignai.

Pendant qu'on choisissait l'essentiel, Hiro commentait les objets qui lui rappelaient une anecdote à notre sujet. Je me sentis mal à l'idée que dans la camionnette, ils seraient en contact indirect avec la morte.

— Et si on s'arrêtait manger à L'Escale? Ça nous mettrait dans l'ambiance du voyage de noces.

— Et laisser la camionnette pleine de toutes nos affaires? Et les côtelettes de porc?

Hiro passa une main dans mes cheveux et me serra contre lui.

— Ne sois donc pas si stressée.

Une fois dans le restaurant, il parla de Paris, de la suite à l'hôtel du Louvre que nous avions réservée, de la tour Eiffel devant laquelle il voulait m'embrasser. Une tristesse m'envahit. Sa simplicité et son honnêteté m'embarrassaient. Jamais je n'avais connu quelqu'un qui ne possédait aucune zone d'ombre.

Après avoir trinqué au beaujolais, je le priai de m'apprendre sur lui un secret inavouable. Il s'étouffa.

— Ou bien une histoire incriminante.

— Oh, tu es aussi étrange que Mitsuko!

— Comment peux-tu dire une chose pareille?

Envahie par mes insécurités, je l'interrogeai sur les détails de leur séparation.

— Une dispute à propos d'avoir ou non des enfants.

Il avait l'air fatigué, comme si ce souvenir l'épuisait tout à coup. Le fait qu'entre nous cette question n'avait jamais été officiellement évoquée me rendait perplexe. J'étais déjà prête à me comporter en victime, jouant le rôle de la moins aimée des deux.

— J'en voulais et, vu son âge, ce devait être réglé rapidement. Mais tu as rencontré Mitsuko. L'imagines-tu allaiter un bébé?

Ma légèreté factice disparut totalement.

— Et tu veux m'épouser pour quoi? Parce que je suis plus jeune et que la question n'a pas à être réglée rapidement?

— Nana! Je veux t'épouser parce qu'on est bien ensemble.

— C'est tout?

J'étais soudainement irritée par son absence de romantisme. Il me regardait sans comprendre et, d'un air bienveillant, attendait une explication. Comme je demeurais silencieuse, il approcha sa main pour caresser mon ventre.

— Avec un peu de chance, tu es enceinte depuis cet après-midi.

J'eus envie de le repousser, de le frapper, de lui dire de ne plus jamais me toucher, mais dans la crainte de poser un geste inexcusable, je m'étais statufiée. Tandis qu'il embrassait ma joue, que son haleine effleurait mon cou, je me sentais si confuse.

— Tu feras une si bonne maman.

Autant j'avais espéré qu'il s'enthousiasme à l'idée de me faire un enfant, autant je devais mortifier mes sens pour envisager cette possibilité. Ma respiration s'accéléra. J'étais prise d'un affolement qui voulait sortir sans pouvoir trouver de conduit. Alors je chignai, pour le mettre sur la piste.

— Pourquoi souhaites-tu épouser une femme aussi détestable que moi?

Mais là ne consistait pas la vraie nature de ma question. J'ignorais comment accepter son amour sans savoir s'il pourrait aimer celle que je lui dissimulais. Et surtout, comment pourrais-je construire une famille sans comprendre exactement si les pulsions que je réprimais, une fois atteinte leur pleine puissance, ne viendraient pas la détruire ?

Je le regardais toujours, espérant qu'il m'interroge, qu'il entrevoie ma mélancolie, mes incertitudes. Parce que je doutais encore de mes choix. Depuis que j'habitais avec lui, que nous nous étions fiancés, je rêvais à ce que je ne pouvais plus devenir en convoitant ma liberté. Lorsque j'imaginais notre avenir, je me figurais la route dessinée devant nous, irréprochablement droite, mais à mesure que je la projetais, elle s'assombrissait et, mal entretenue, présentait des fissures remplies d'herbes folles.

Hirosuke, plutôt que de poser la moindre question, me rassura amoureusement, comme on calme une femme éplorée qui gémit de manière attendrissante, pour un rien. Il ne s'inquiétait pas le moins du monde et je lui en voulais de me considérer de façon aussi unidimensionnelle.

Puis il commanda du dessert.

La chambre sentait encore la peinture. Le climatiseur roulait à fond à cause de la fenêtre entrouverte. Hiro s'était assoupi en moins de cinq minutes. Cela faisait presque vingt-quatre heures que je n'avais pas dormi.

La jeune femme se trouvait deux étages plus bas. Si je me représentais bien l'architecture de la maison, nos corps étaient superposés, mais tête-bêche. Je m'extirpai des couvertures et pivotai pour produire une connexion parfaite. Je recréai la position dans laquelle elle était allongée, jambes rassemblées, mains sur le ventre.

Le mien était brûlant.

— Qu'est-ce que tu fais, Nanachan?

Hirosuke, sans être complètement tiré de son sommeil, s'était retourné pour m'enlacer, mais sans trop comprendre pourquoi, il s'était retrouvé face contre des pieds.

— J'ai chaud.

Je me libérai de cette étreinte inopportune et descendis à la cuisine. Je cherchai à tâtons dans l'armoire l'endroit où était cachée la clé du congélateur. Au sous-sol, lorsque j'en ouvris la porte, l'air glacé s'attaqua à mes perles de sueur, ce qui me donna la chair de poule.

Dans la pièce obscure, avec pour seule lumière celle fournie par l'appareil, je me voyais évoluer dans un univers qui épousait enfin mon état d'esprit. Tenant d'un bras le couvercle, j'entrepris avec l'autre de libérer le cadavre des planches qui le dissimulaient. Au frémissement de mon cœur, bien que cela me parût insensé, je compris que la morte constituait un être à part entière qu'il m'avait tardé de retrouver. Le couvercle appuyé sur ma tête, j'employai mes deux mains pour révéler son visage. Il n'avait pas changé.

À travers la complexité de mes sentiments, la fébrilité me gagnait. Plus que jamais, mon besoin d'entrer en contact avec quelqu'un, d'une manière profonde, honnête, devenait criant. Alors que je caressais ses cheveux, une fièvre incomparable à celle qui m'animait dans les bars de Tokyo me brûlait. Je passai les doigts sur son cou aussi maigre que celui d'une enfant. Sa froideur me heurta et je reculai promptement la main, comme si un animal farouche avait voulu me mordre. Je manquai défaillir et se renforça cette intuition de la précarité de mon corps. Tout ce que la vie avait de fragile et de complexe m'apparaissait plus clairement. Il suffirait de bien peu pour que je lui ressemble.

Pendant que je songeais aux divers moyens de me débarrasser d'elle, je pressentis que tant qu'elle resterait ici, la solitude pèserait moins lourd. Ce constat me poussait à l'abriter même si je savais par chaque fibre de mon être que je me laissais happer par un engrenage mortel.

Je glissai un index sur sa joue glacée, lui promettant de prendre soin d'elle.

C'est alors qu'un tunnel se creusa, sous ma route toute tracée. Ses limites semblaient inexistantes. Ses directions infinies. Il ne tenait qu'à moi de les explorer, de rejoindre des rivières souterraines, d'étendre mon territoire, de creuser des ramifications. La femme reposant sous mes yeux s'était déjà implantée dans cette région vierge : une catacombe d'où s'échafauderait le quartier général de mon univers secret.

La brise me surprit. Cela devait bien faire deux semaines que la fraîcheur n'avait pas donné de répit à la ville. Pour ne pas réveiller Hirosuke, je choisis d'avancer dans la rue sans remonter prendre une veste. Jamais il ne m'était arrivé de marcher dehors par une heure aussi tardive.

Le supermarché du coin était le seul commerce des environs ouvert la nuit. Un panier entre les mains, je parcourus les rayons, imaginant seulement ce qui plairait à la jeune femme. J'aurais aimé connaître ses plats préférés et les acheter pour qu'elle en soit entourée. En l'absence de la moindre piste, je me souciai uniquement de l'esthétique des produits, effectuant mes choix selon leur attrait sensuel. Dans l'allée des viandes, je tapotai les morceaux de bœuf sous leur emballage pour qu'en ressorte le sang et optai pour celui qui en contenait le plus. Puis je sélectionnai des fruits et légumes en fonction de leur forme, de leur couleur, de leur odeur. Je m'arrêtai devant un étalage de pommes Fuji d'un si beau rouge qu'elles semblaient passées à la teinture. Juste à côté, j'empoignai du muscat géant et une variété de clémenvillas à deux mille yens le kilo. Puis, au milieu d'une rangée de melons uniformes s'en cachait un distinct, bosselé. Je le choisis. J'ignorais si ces aliments pouvaient supporter la congélation et cela m'était complètement égal. Je les entassais pêle-mêle dans le panier.

Au loin, j'aperçus un ton de rose qui me rappela ses cheveux. Le cœur battant, je cheminai vers le fruit du dragon recouvert d'un plastique diaphane et posé sur une barquette en styromousse. On aurait dit une représentation de la jeune femme, enveloppée dans le drap, étendue au fond du congélateur blanc. Je le pris cérémonieusement.

Juste avant d'arriver à la caisse, j'agrippai deux pots de sorbet au cédrat confit et étudiai un étalage de chocolats d'importation. À la vue d'un drapeau suisse, je laissai les tablettes derrière moi et plaçai mes articles sur le tapis mobile. Les voir défiler entre les mains de l'employé m'énervait. Je me dirigeai au plus vite vers la sortie. Mais lorsque je traversai le champ de détection antivol des portiques, je m'arrêtai net, certaine que l'alarme allait se déclencher. Mais aucun son ne retentit et je poussai la porte, surprise d'être libre d'avancer.

Je marchai en songeant à la manière dont j'agencerais les articles, sélectionnant ceux que je voulais posés le plus près d'elle. Quand je passais sous un lampadaire, je jetais frénétiquement un œil à mes six sacs d'épicerie pour en vérifier le contenu et réalimenter ma schématisation mentale.

Arrivée au coin de ma rue, je les déposai, le temps de reprendre mon souffle. Alors que je massais mes doigts endoloris, le spectacle des demeures identiques construites par la compagnie de Mitsuko me désenchantait. Cet univers ne m'intéressait pas et, avec une résolution soudaine, je compris que je ne pourrais plus vivre comme je le faisais depuis des années.

Cette détermination me transporta jusqu'à la maison où l'odeur d'Hiro, déjà omniprésente, m'assaillit brutalement. Je me pressai vers le sous-sol où son parfum ne s'était pas encore installé. Je rangeai les produits choisis avec un soin maniaque. Il me faudrait certainement acheter plus de nourriture pour ne pas qu'on découvre les planches qui recouvraient la morte en s'emparant simplement du canard, mais pour ce soir, cette œuvre inachevée me contentait.

Je fermai le couvercle à clé, avec le sentiment du devoir accompli. J'amorçai un mouvement pour rejoindre Hiro, mais une force magnétique me retenait. Je fouillai les boîtes non défaites empilées dans la pièce voisine à la recherche d'un drap et d'un oreiller puis je m'étendis sur l'appareil. Sa vibration et son grondement apaisèrent les tiraillements de mon ventre.

Pendant que je somnolais, la route au-devant prit un aspect nébuleux. Aucun des scénarios que je façonnais ne me paraissait vraisemblable. C'est de là que provenait mon sentiment de liberté.

J'étais incapable d'imaginer le futur.

Je me réveillai dans une flaque de sueur, sur une surface froide et métallique. Le soleil ne traversait pas encore la fenêtre sans rideaux. Je me tournai pour voir si Hiro dormait toujours. Il n'était pas là. Les événements de la veille me revinrent en mémoire. Autant j'avais du mal à appréhender la réalité, autant le fait d'avoir passé la nuit sur le congélateur me la traduisait. J'allumai et fis quelques étirements avec un calme maîtrisé, mais je m'arrêtai net, éprouvant une sensation qu'au début il m'était impossible d'identifier. Puis je compris que c'était de la panique. L'impression d'être en train de perdre le contact avec le monde, qu'un changement s'opérait et que je devais m'en méfier. Car depuis le retour d'Olivier, une force inconcevable s'était mise en branle, et elle me déstabilisait.

Alors que je touchais mes jambes, mes pieds, le plancher, pour m'assurer que la réalité resterait la réalité, un bruit sourd se fit entendre. Mon pouls s'accéléra rapidement. Je levai le couvercle du congélateur dans l'espoir qu'un objet se soit déplacé. Tout paraissait normal, mais le son retentit de nouveau. Je ne pouvais accepter ce que mon cerveau suggérait : la morte frappait sur les planches de mélamine pour en être libérée.

— Nanami !

Secouée par un sursaut, je reconnaissais pourtant la voix d'Olivier. Il cognait à la fenêtre. J'approchai pour ouvrir.

— Les clés !

Je lui fis signe de me rejoindre à l'avant. À cinq heures du matin, il y avait peu de chances qu'on nous surprenne. Tout de même, j'étais irritée qu'il n'ait pas suivi mon plan à la lettre.

— C'est parce que j'ai un spectacle cet après-midi.

Je lui tendis vite le trousseau en observant son crâne rasé.

— Va-t'en avant qu'on te voie.

Une femme et son chien tournèrent le coin de la rue. Mon sang ne fit qu'un tour. Ce devait être madame Miyabe. Elle correspondait parfaitement à la description qu'en avait faite Mitsuko. Une vieille distinguée avec des cheveux aux reflets mauve pâle. Je me sauvai en flairant son regard peser sur moi. Pendant que je verrouillais la porte d'entrée, l'ordre que je tenais à garder sur mon univers me parut encore plus difficile à maintenir.

Anxieuse, je m'installai à l'ordinateur pour chercher des informations sur le spectacle d'Olivier. J'avais besoin de m'assurer qu'il avait bien lieu et qu'il ne me menait pas en bateau, car je ne lui faisais pas totalement confiance. Une représentation de *Ténèbres muettes* était programmée à quinze heures. Sur le site, sa photo me fit tiquer : il avait l'air d'un acteur célèbre. J'ouvris le lien promotionnel vers un de ses solos.

Des projecteurs s'allumèrent au-dessus de la scène sans décor. Une suite interrompue de bruits stridents composait la trame sonore. Malgré sa peau peinte de blanc et son crâne rasé, je reconnus sa silhouette recroquevillée dès qu'elle surgit de l'ombre. Il me parut pourtant que ce n'était pas lui, qu'il avait quitté son corps pour célébrer un rite.

Je mis l'image en plein écran et, du même coup, plus rien n'existait autour de moi. J'étais emportée au cœur de son monde, dans tous ses états impalpables. Alors qu'il regardait droit devant, je voyais une enveloppe vidée de sa personne. Son moindre déplacement, sa moindre crispation, son moindre souffle prenaient une ampleur inattendue. Cette maîtrise exceptionnelle m'impressionnait. Jamais je ne l'aurais soupçonnée.

Pendant qu'il évoquait des images de crainte, de douleur, à travers la précision de ses gestes, j'avais l'impression qu'il était connecté sur moi et que c'était mon univers intime qu'il déployait et que je portais cette danse, tout ce qu'elle avait d'introspectif, de sexuel, de choquant.

Je m'engluai dans la chaise alors qu'à l'intérieur tout s'agitait avec véhémence. Prise d'un profond vertige, j'avais l'intuition de rencontrer Olivier dans son inventivité, dans son détachement, dans son autre monde. À travers l'écran, je continuai de fixer son expression d'une sauvagerie qui alliait l'abject et le sacré, l'absorbant avec avidité, la sentant descendre jusque dans mes entrailles.

— Tiens, la camionnette a disparu.

Je fermai la page à toute vitesse et me tournai vers Hiro. Je contractai mes muscles pour le regarder en face, sans rougir.

— Le mari de Keiko est venu la chercher à l'aurore, je suis contente qu'il ne t'ait pas réveillé.

Je me levai avec un étrange sentiment de terreur. Feignant la gaieté, je préparai son habit de travail et son déjeuner, gage de l'épouse irréprochable qu'il me fallait devenir. Je suivais la routine matinale, jetant à la dérobée des coups d'œil vers la maison de madame Miyabe. À tout moment, je l'imaginais sur sa terrasse en train de discuter avec un policier, si bien que, pendant le repas, je me tortillais sur la chaise pour allonger mon regard jusqu'à la fenêtre. Hiro, le nez dans son journal, ne remarquait rien et me gratifiait de temps à autre d'onomatopées appréciatives.

— Ça te plaît?

J'avais du mal à me concentrer tant mon esprit divaguait. Les visions d'éventuelles arrestations m'envahissaient, les unes après les autres. Quand je me figurais la résistance d'Hiro lorsqu'un agent entrerait pour fouiller la maison, puis leur commotion lors de la découverte du cadavre, une convulsion me secouait.

Sur le chemin de la gare, j'écoutais distraitement les recommandations d'Hiro sur ma conduite. Préoccupée, j'élaborais le scénario d'une visite où j'offrais un cadeau de voisinage à madame Miyabe pour vérifier si elle m'avait vue avec Olivier.

— Mais tu dors ou quoi?

La main d'Hiro tourna brusquement le volant. Il avait parlé sur ce ton qu'il employait avec ses subalternes inefficaces.

— J'ai eu un moment d'inattention.

— Sois prudente, ma chérie.

Il sourit tendrement pour racheter son impatience, puis il prit congé, prétextant que le dernier kilomètre se ferait plus rapidement à pied.

Je me garai aussitôt, ne me jugeant pas en état de conduire. Il serait simple de reprendre la voiture en soirée, en même temps qu'Hiro.

Je cheminai vers la maison, alanguie par la chaleur. Je ne me voyais ni lire, ni cuisiner, ni regarder la télévision, ni défaire des boîtes. Et puisque j'avais décliné tout rendez-vous pour profiter de ma solitude, je n'avais absolument rien à faire. Alors que je délibérais du meilleur moyen d'aborder ma voisine, je vis un autobus qui passait dans la direction opposée. Sans réfléchir, je me glissai entre les voitures et sautai à l'intérieur.

Mon pouls se ranima à cette simple idée : je m'approchais de Tokyo. Toujours debout, au ras des portes du véhicule bondé, je fus surprise de la vitesse à laquelle nous roulions. De peur de rattraper Hiro, je me faufilai dans l'allée à coups d'excuses et me retrouvai coincée dans un groupe de *salarymen* en veston-cravate. J'essayais tant bien que mal, à travers les bras, les têtes et les épaules, de jeter un œil à l'extérieur.

Par réflexe, j'inventais déjà une histoire.

J'ai garé la voiture parce que je me sentais trop fatiguée pour conduire et j'ai aperçu une aveugle à qui j'ai proposé de l'aide pour traverser la rue.

Pendant que mon mensonge prenait forme, je tentais de m'approcher de la non-voyante.

Comme je n'avais rien à faire et qu'elle paraissait désemparée, j'ai offert de l'accompagner jusqu'à la gare.

Au terminus, le flot des passagers m'entraîna vers l'extérieur et je n'eus d'autre choix que de progresser sans savoir si Hiro se tenait à quelques pas. J'essayais de ralentir, pour que la femme me rattrape. Du bout des doigts, je frôlai son bras.

— Puis-je vous aider?

Elle refusa poliment, mais je la suivis d'assez près pour que mon histoire paraisse plausible à quiconque m'aurait observée. Il m'arrivait d'échapper un : « Attention devant ! », et l'aveugle continuait d'avancer comme si je n'existais pas. Tout au long de la marche me séparant de la machine distributrice, je me préparais à être surprise par la main d'Hiro sur mon épaule où à l'entendre prononcer mon nom. Mais il n'en fut rien.

Je me pressai d'acheter un billet et m'élançai vers la dame, qui possédait une carte prépayée.

Debout dans le train bondé, il m'était difficile de savoir si Hiro se trouvait dans le même wagon. Au fil des stations, à mesure qu'il se vidait et se remplissait, un sentiment de sécurité me gagna.

Lorsque fut enfin passé son arrêt, je me détendis complètement. Des questions me hantaient pourtant : avais-je fait exprès de me mettre dans une situation où il aurait pu me prendre en défaut? Était-ce cela que j'avais cherché en accourant vers l'autobus? Ou avais-je eu besoin de ressentir des émotions assez puissantes pour que cesse le flux de pensées involontaires et compulsives qui m'accaparaient depuis le petit matin?

Mais comme autrefois, alors qu'il m'arrivait de ne pas prévoir ces visites à Tokyo et de me convaincre qu'elles étaient le résultat de circonstances hors de mon contrôle, je m'expliquai l'enchaînement des dernières actions par mon inclination à me soumettre naïvement à l'ordre du destin. Me soustraire ainsi à la responsabilité de mes actes était un art dans lequel j'excellais.

Une place se libéra devant moi et je l'offris à l'aveugle. Elle refusa d'un air blasé et je m'assis. L'homme derrière elle frottait son entrejambe contre ses fesses. Je l'observais avec un emballement frileux. C'était plutôt subtil et bien que cela aurait pu paraître involontaire, alors que le train redémarrait et que le corps de tous les passagers s'inclina vers l'arrière, celui de l'homme s'avança un peu plus vers l'avant. Je n'étais jamais tombée sur un pervers du métro. Plusieurs de mes amies d'école m'en avaient parlé et j'avais conclu que je n'étais pas le genre de fille à les attirer.

Le visage de l'aveugle était effervescent, mais l'homme me jetait un regard noir. Il savait que j'avais surpris son jeu. Mais au lieu que me vienne un geste de soumission, une force me poussa à soutenir son regard. Alors que, humilié, il baissa le sien, j'étais pleine d'une satisfaction insolente.

Plutôt que de prendre une correspondance, je sortis à la gare d'Ueno. J'avais si souvent parcouru le reste du trajet à pied, les mains moites, reconnaissant la joie âpre de me sentir en péril.

Je marchais, penchée vers l'avant pour affronter les bourrasques d'un vent contraire. Il devait faire près de quarante degrés. Au coin de la rue menant à l'hôtel d'Olivier, je profitai d'une fontaine publique pour boire au robinet, ce que je n'avais pas fait depuis l'adolescence où, par snobisme, je m'étais mise à l'eau minérale. Alors que mon regard cherchait au loin sa silhouette familière, un enfant derrière attendait pour abreuver son chien. Je m'éloignai, prise avec cette eau dans la bouche que j'aurais voulu recracher. Je l'avalai à grand-peine, activant le pas.

Lorsque j'arrivai sur l'avenue conduisant au BV, une rafale fit voler mes cheveux et ma respiration devint sèche. Un mélange d'espoir et d'appréhension me rendait anxieuse. Je sentis que j'allais perdre le contrôle.

L'ascenseur du vieil immeuble grinçait toujours. Les portes rouillées s'ouvrirent au quatrième étage. Au bout du couloir imprégné de moisissure, un employé était installé. Je ne l'avais jamais vu auparavant, ce qui me paraissait de bon augure.

En m'approchant, l'odeur de bière qui avait séché sur la moquette m'emplit les narines. L'arbre de jade en pot, posté à l'entrée, avait bien profité. Je ne comprenais pas comment il avait pu grandir dans ces conditions, alors que le mien peinait à survivre malgré des soins attentionnés. Ici, la pièce était sans fenêtres, et l'éclairage, limité.

Je balayai la salle du regard avec impatience. Une fille leva vers moi des yeux inexpressifs alors qu'un homme, bien détendu dans le canapé, lui caressait la cuisse. La plupart des étrangers étaient accompagnés, et ivres. Difficile de croire qu'il était si tôt. Tu penseras à moi à onze heures, m'avait demandé Hiro dans la voiture, j'ai un rendez-vous important.

J'avançai lentement vers le bar. Même si aucun homme ne m'attirait, j'aimais bien parader devant eux. Au comptoir, un jeune Africain portant des favoris laineux était assis seul. Je lui souris. Alors que ses dents blanches éclairaient son visage, je baissai les yeux, affectant la timidité de ma première visite. C'était un plaisir de jouer avec son regard, de le sentir traversé de l'idée qu'il touchait mon corps. Pendant qu'il s'approchait pour me parler, des plaques rouges apparurent sur ma peau.

— Belle-Pousse ! Mais que fais-tu ici ?

Embarrassée d'être surprise dans cet état de fièvre, j'eus un tressaillement de mauvaise humeur en reconnaissant cette voix haut perchée. L'Africain regagna aussitôt son siège et je me retournai.

— Quoi, fais pas cette tête-là ! T'es pas contente de me voir ?

Rina semblait avoir bu toute la nuit. Son amant me détaillait avec dédain.

— Je passais dans le quartier.

La spontanéité, lorsque venait le temps de mentir, était mon pire ennemi. Je préférais de loin être armée d'une histoire bien ficelée pouvant répondre à tout.

— Pas à moi, s'il te plaît.

Je me dirigeai vers sa banquette. Rina replaça sa chevelure blonde et s'assit en tailleur sur le siège. Sa posture permettait à tous les clients de voir son cache-sexe. L'Américain s'offusqua.

— Pull down your skirt.

— Pull down, pull down. I don't care if they see my G-string, I'm no Nanami !

Irritée, elle avala une longue gorgée. Puis elle se mit à rire en goûtant la forte quantité d'alcool que renfermait sa nouvelle boisson.

À examiner Rina qui, à part sa couleur de cheveux et la virulence de son acné, n'avait pas changé, j'eus soudain foi en mes choix. Alors qu'elle résumait sa dernière année, j'avais du mal à ne pas la regarder de haut. Être une femme au foyer de la haute société plutôt qu'une femme libre et dévergondée me paraissait plus profitable. D'une manière affectée, je me permis de lui prodiguer des leçons, opposant ma vie rangée à la sienne. Comme toujours, je me gardais bien de lui raconter les détails de mon intimité.

— Mais tu sais qu'on se demandait toutes où tu étais.

— Vous… vous avez parlé de moi ?

— Ma pauvre, c'est que tu as une réputation.

Je la fixai sans comprendre. Rina jeta un œil à son amant qui pianotait sur son téléphone.

— T'es la seule qui ne demande pas d'argent.

Elle but une longue gorgée puis me scruta dans l'attente d'une réaction.

— La première fois, j'ai pensé, soit elle n'a rien pigé, soit elle l'aimait bien, ce New-Yorkais. Et comme au travail tu évitais le sujet, je me suis dit : n'insiste pas, Rina, elle ne reviendra plus, ce n'était pas pour elle. Mais un mois plus tard, tu t'es pointée et tu as continué, à ta manière. Une espèce de mythe s'est créé, un mythe que je ne comprenais pas d'ailleurs, parce qu'on ne peut pas dire que tu faisais beaucoup d'efforts pour plaire.

Elle s'arrêta à nouveau pour boire une autre gorgée. Elle mesurait ses effets.

— Tu sais que tu as failli avoir des ennuis? La rumeur que tu te donnais pour attirer la clientèle est venue aux oreilles de la pègre coréenne. Le patron a reçu des menaces, mais il a tout nié. Mais bon, c'est sûr qu'ici c'est moins grave, on n'est pas à Shibuya quand même! Veux-tu bien me dire ce que tu as fait pour l'adoucir?

— Le patron? Je ne sais même pas qui c'est.

Un muscle tressauta sous son œil gauche. Un jour, à mon sujet, le patron lui avait confié que ma présence le modérait. Selon lui, il se passait ici des choses dont je n'avais pas idée. Quand j'entrais, je semblais flotter au-dessus de tout. Ça lui faisait du bien.

— Mais c'est quand je t'ai vue repartir avec le blond, un Allemand, si je me souviens bien… Oh non! Il était Suisse. Mais aussi pervers qu'un Allemand. Un Suisse allemand peut-être!

Pendant que la satisfaction illuminait son regard, j'aperçus des lentilles de contact dans ses yeux globuleux.

— Americans are the best!

Elle frappa son verre contre celui de son amant, tandis que lui, la tête entre les mains, rotait nonchalamment.

— J'ai pensé, ça va l'achever. Et on ne t'a plus revue. Ça ne m'a pas surprise. J'avoue m'être inquiétée et j'ai fait mes recherches. C'est comme ça que j'ai découvert que tu allais te marier.

Elle prit alors une expression joyeuse de fillette.

— Michael, buy a drink to Nanami, we celebrate.

Je me trouvais au bord du gouffre, mais rien, je l'espérais, ne se voyait sur mon visage. Ces informations me faisaient douter de tout. Tant d'éléments avaient échappé à ma vigilance. L'idée d'être associée à Olivier me donnait froid dans le dos. En plus, maintenant, madame Miyabe nous avait peut-être surpris ensemble. Mes repères volaient en éclats.

— Alors, c'est pour quand le grand jour?

— Samedi.

— Oh là là! Samedi. T'es culottée.

Je corrigeai ma posture. Je souhaitais qu'au lieu de voir le mensonge poindre à l'horizon, Rina se juge inférieure et déshéritée.

— C'est pas ce que tu penses. J'étais venue dire une sorte d'adieu symbolique. Je crois que notre existence manque de plus en plus de moments sacrés, de rites de passage.

Son expression rieuse se fit pensive.

— Faut pas dire adieu à tout, quand même! Tu peux me garder. Je saurai être discrète. Et j'aimerais bien connaître ton monde.

Elle me fixait, espérant une invitation à la soirée entre amis qui suit la réception du mariage. J'acceptai le verre que me tendit Michael et fit mine de ne pas comprendre le sous-entendu.

Nous avons bu en bavardant de choses et d'autres. Par moments, je devinais le regard d'un homme posé sur moi. Alors, je maîtrisais les traits de mon visage pour laisser paraître de l'exaspération.

— N'es-tu pas lasse de venir ici?

Elle roula les yeux comme une idiote.

— Lasse? Pourquoi?

Et Rina s'esclaffa. J'aurais espéré une confession douloureuse, mais elle se leva et nous poussa vers la sortie.

Une fois dehors, par crainte d'une rencontre inattendue, j'examinai rapidement chacune des directions. La voie était libre. Rina et Michael filèrent vers le McDonald's et je m'éloignai en me promettant de ne plus jamais remettre les pieds dans ce bar. Mais en marchant vers la gare, en me rappelant comment, après ma première visite au BV, effrayée de perdre tout amour-propre, j'avais formulé un engagement identique, je doutai de moi-même. Que deviendrai-je si même mes propres pulsions échappent à mon contrôle…

Je me retournai et jetai un regard vers la rue où se trouvait le bar. J'y avais fui, y avais oublié mes tourments, y avais endormi pour un temps ma douleur. Mais qu'en avais-je retiré?

Je commençai à rire toute seule d'une voix abîmée par l'amertume et je me remis en marche avec le sentiment de condamner l'une des pièces de ma maison.

2

Déjà une semaine que le corps de la morte était enfermé dans le sous-sol. Depuis, sans nouvelles d'Olivier, je m'affairais à reprendre mes activités normales. Aux yeux des autres, j'étais peut-être comme d'habitude. Mais je nageais en plein chaos. La peur d'être découverte me gagnait un peu plus chaque jour, et mon premier réflexe fut de me replier.

Mon sens de la réalité s'altéra. À commencer par les jours de la semaine, les heures, puis les chemins, les rues. Il m'arrivait, au milieu de mon trajet, d'avoir le sentiment de m'être égarée et de ne plus savoir où j'étais. Hiro, après que j'eus oublié deux soirs de suite de venir le récupérer à la gare, était rentré avec une montre bon marché et me l'avait offerte à la blague. Il semblait ne s'apercevoir de rien.

Le choix de mes activités était orienté pour cultiver mon espace intérieur, seul endroit où je me sentais en sécurité, et la présence de mon fiancé, les rencontres amicales, les divers cours auxquels je m'étais inscrite, les derniers préparatifs pour le mariage qui me ramenaient immanquablement dans le sombre chemin de la réalité, tout cela me pesait de plus en plus.

Quand Hirosuke me prévenait qu'il serait retenu, je m'en réjouissais. Je restais assise sur le divan, à lire, à rêver, à regarder la télé. Si, au contraire, il m'avertissait d'un retour hâtif, j'inventais une tâche à accomplir pour que, une fois qu'il serait à la maison, je ne sois pas obligée d'être avec lui. La composition des repas devenait alors de plus en plus élaborée. Comme je lui interdisais tout accès à la cuisine, je profitais de ces moments pour me recueillir. Autrement, sa présence m'empêchait de me réfugier dans mes recoins ténébreux, car je n'étais jamais tout à fait tranquille. Imaginer qu'à tout moment il pourrait surgir pour me poser une question, émettre un commentaire ou me voler un baiser me rendait inapte à quoi que ce soit. Durant ces instants, j'attendais que le temps passe.

Ce soir-là, Hiro préparait notre itinéraire de voyage alors que je m'affairais dans la cuisine. Pendant que je choisissais entre les deux musées qu'il me décrivait du salon, je fis un faux mouvement et la lame du couteau glissa sur le bout de mon doigt. Je ne sentis pas la douleur, mais en voyant les tranches de gingembre se colorer de rouge, mon cerveau enregistra le message.

— C'est d'accord, Nanami. Va pour Orsay!

Je n'ajoutai rien, le regard fixé sur mon doigt. Au lieu de me faire souffrir, il gonflait et rougissait sans que j'éprouve la moindre sensation. Cette anomalie me cloua. Mais je refusais de croire qu'un phénomène bizarre me dépossédait de certaines parties de mon corps. Je mis l'index dans ma bouche et le suçai comme pour en extraire le venin. Je fis couler l'eau et crachai dans l'évier.

— Tu as besoin d'aide?

— Je dois aller chercher du thon au sous-sol. Je sais bien où le trouver, ce sera plus simple.

J'avançai vers les marches en serrant l'index au creux de ma paume.

— Pourquoi tu dois toujours tout faire toute seule?

— Je suis plus efficace comme ça.

Je m'éloignai après m'être assurée que ses yeux resteraient fixés sur le guide de voyage. En ouvrant la porte du congélateur, la découverte des objets bien disposés me fit frémir. Personne n'y avait rien touché. La spécificité de mon système de rangement m'aurait permis de repérer la moindre modification. Je goûtai un raisin de muscat congelé en appréciant l'ordre qui régnait dans ce seul endroit de la maison qui m'appartenait. Mon doigt ne saignait déjà plus. Lentement, je regagnais des forces.

— Ça va, Nana?

Des mains sur mes hanches me firent sursauter.

— Je ne t'avais pas entendu.

— Je viens voir ce que tu fabriques.

— Je vais poêler du thon, comme tu aimes.

— Ce n'est pas ce que je veux dire. Je sais bien que tu descends ici toutes les nuits.

J'avalai ma salive.

— Je me suis réveillé lundi et je t'ai cherchée. Tu dormais ici. Puis les autres jours aussi. Tu préfères le ronron du congélateur à mes ronflements?

La clé émergeait de la serrure. Je me déplaçai devant et la cachai au creux de ma main. J'espérais qu'il ne le remarque pas.

— Explique-moi, Nanami. Tu pourrais aller sur le divan, la chambre des futurs enfants…

Ses interrogations me laissèrent bouche bée. Je comprenais son désarroi, mais j'ignorais comment le dissiper. Puis il devisa d'un ton insouciant pour esquiver le sérieux de la conversation. Bien que soulagée, je me désolai, concluant qu'il manquait d'ardeur à me connaître.

C'est alors qu'il caressa le congélateur. Parcourue d'un frisson, je me retins pour ne pas le chasser.

— Ouvre.

J'eus l'impression que ça allait s'arrêter, qu'il savait tout. Il m'avait donné la chance de me confesser pour ne pas avoir à me piéger. Je m'exécutai, respirant par petites bouffées.

C'est Olivier qui m'a obligé. Un ancien ami. Un amant, pour être plus précise, que je t'ai caché. Il a menacé de tout te révéler et de me tuer si je ne l'aidais pas. Je n'avais pas le choix, tu dois me secourir.

Hiro émit une sorte d'intonation admirative que je ne lui connaissais pas.

— Redoutes-tu un autre tremblement de terre? On pourrait survivre deux mois avec ce qu'il y a là-dedans.

Il entama un geste pour fouiller, mais je m'y opposai avec force. Il m'observa quelques secondes comme si j'avais l'esprit dérangé avant de s'excuser gentiment. Je l'imitai.

— Non. C'est ma faute. Je ne sais pas ce qui me prend. J'ai mis tant d'heures à tout organiser, mais c'est ridicule, ce n'est pas grave si tu y touches.

J'avais espoir d'endormir ses soupçons.

— Sois honnête, Hiro. Suis-je en train de me transformer en ces femmes au foyer pour qui des vétilles prennent des proportions démesurées?

Il m'enlaça tendrement.

— Mais non, mais non.

Puis il m'observa de nouveau.

— Il faudrait penser à remercier convenablement Mitsuko, ne crois-tu pas?

Alors que mon visage se crispait, le sien cachait mal son trouble. J'acquiesçai, docile et, pressée de quitter la pièce, je pris vite le poisson, invitant Hiro à me devancer.

Nous avons remonté l'escalier. Dans un coin du salon, le téléviseur chuchotait les nouvelles de fin de journée. À l'écran apparut un visage immobile, serein, d'une beauté éthérée. Mon regard fut tout de suite attiré par la photographie. Hiro s'avança pour monter le volume. Malgré la froideur du poisson qui me brûlait la peau, je demeurai là sans bouger.

— La jeune femme aurait été vue la dernière fois dans un bar du quartier d'Asakusa et serait repartie avec un homme de race blanche. Cette disparition rappelle la mort de Tokumaru Fuyuka, étudiante au département de langue et de littérature françaises survenue l'an passé. Elle avait été retrouvée dans une chambre d'hôtel après avoir quitté le même bar. Bien qu'une présumée lettre de suicide avait été laissée sur les lieux, la famille de la victime a toujours cru qu'il s'agissait d'un meurtre déguisé.

Au bas d'une photo de Tokumaru Fuyuka surgit le titre suivant : Disparition de Shimizu Etsuko.

— Dans ces moments, je suis heureuse de ne pas habiter Tokyo.

Mon ton badin me rappelait maman.

— Je vais préparer le repas !

Les parents de la victime apparurent à l'écran et je réfrénai mon mouvement. Je scrutai le visage de la mère sous sa touffe de cheveux taillée au bol. Elle avait les traits grossiers et des vêtements bon marché comme on en trouve dans les épiceries. Rien à voir avec sa fille dont j'avais retiré le soutien-gorge griffé. « Si quelqu'un a des informations, s'il vous plaît, je vous supplie de nous aider. » Elle avait du mal à articuler. Son assurance s'affaiblissait peu à peu dans son regard.

— J'ai de la peine pour cette femme.

Hiro avait parlé, le guide de voyage de Paris pressé contre son cœur.

— Oui. Et pour sa pauvre fille aussi.

À présent que je connaissais son nom, le cadavre prenait une consistance plus particulière à mes yeux. Shimizu Etsuko. Je venais de comprendre que sa mort était réelle. Irréparable. Qu'il puisse exister un monde dans lequel elle était espérée m'embarrassait.

Une fois dans la cuisine, j'ouvris le réfrigérateur et sursautai en découvrant que celui-ci était complètement vide. Blanc et vide. Je ne saisissais plus. Mes yeux balayèrent le comptoir empli de bouteilles de sauces, d'assiettes débordantes de nourriture. J'avais déjà préparé six plats. Il me sembla soudain que j'allais faiblir. Je me laissai glisser sur le sol, déposant ma tête contre le filet de poisson. La froideur sur mon oreille épaisse de fatigue me calmait. Je m'imaginais lovée contre Shimizu Etsuko.

Je fermai les paupières.

Le chemin au-devant me paraissait plus sombre que jamais.

Et je n'aspirais plus à l'éclaircir.

— Il faut que je te voie.

Ce devait être inattendu. Je ne prenais jamais les devants. Le fait qu'il proposât d'aller dans un café, lui qui, à cette heure, insistait toujours pour m'emmener boire un verre, laissait croire qu'il se tenait sur ses gardes.

— Changeons de quartier. Il ne faudrait surtout pas qu'on nous surprenne ensemble.

Je lui donnai l'adresse d'un établissement sur une rue piétonnière de Shimokitazawa.

Ponctuelle, je le cherchai des yeux en tapotant ma montre. Je choisis une table près de la fenêtre et l'attendis en étudiant la situation. Dix minutes après l'heure fixée, sous la lumière des quelques enseignes et néons, il avançait comme s'il se sentait suivi. En entrant, il demanda qu'on s'installe plus à l'écart.

— Redoutes-tu qu'on nous entende ?

Le son de ma voix, dans ce lieu exigu, prenait une importance démesurée. Olivier vola une serviette en papier sur la table voisine.

— J'ai déjà l'impression que tout le monde m'observe.

— C'est parce que tu viens de te moucher.

En s'asseyant, il choisit l'angle qui le cacherait le mieux des passants. Ses cheveux châtains repoussaient à une vitesse surprenante. J'aurais pu le complimenter, m'enquérir de son spectacle, mais je préférais y aller directement.

— Connais-tu Tokumaru Fuyuka?

— Pas si fort!

Je demandai un jus de fruits avec aplomb, attendis qu'il commande, puis réattaquai.

— Alors, tu la connais?

À la tête qu'il faisait, je compris qu'il était coupable. Je comptais me lever, mais toute force m'avait abandonnée. Olivier posa une main sur la mienne, avec sang-froid, comme s'il devinait mon envie de fuir. Un frisson d'horreur me secoua. Je commençais à ressentir de l'aversion pour lui.

— Je vais retourner en Suisse, mais je ne veux pas te laisser avec un cadavre sur les bras.

Je le dévisageai avec surprise, écoutant sa théorie. Moins de sept millions de voyageurs étaient venus l'année dernière à cause du séisme. Plus de la moitié était d'origine asiatique.

— S'ils cherchent un homme de race blanche qui était en ville aux dates correspondant aux deux disparitions, tu fixes à combien leur liste de suspects? Sans compter qu'ils nous prennent en photo maintenant à la douane, et qu'ils ont mes empreintes digitales. Tu imagines?

— Et tu ne crois pas qu'à l'aéroport ils vont interroger chacune de ces personnes?

— Je ne vais quand même pas rester ici!

— C'est la meilleure solution. Du moins en attendant qu'on organise ta fuite. Dans mon polar, le meurtrier s'exile vers Taiwan grâce à un bateau clandestin. Je vais vérifier si c'est vraiment possible.

— Tu trouves tes idées dans des livres?

Il émit son rire prétentieux. Deux secousses sèches sorties par le nez. Qu'il ne me prenne pas au sérieux m'incitait à m'appliquer davantage.

— Je n'arrive pas à imaginer m'en tirer. J'y ai échappé une fois, mais on finit toujours par payer, non?

Ce fut à mon tour de me moquer.

— Les bons gagnent et les méchants perdent, c'est ça?

Olivier passa une main dans ses cheveux. Pour un artiste cherchant à briser les conventions, sa réflexion paraissait peu avant-gardiste.

— Comment comptes-tu te débarrasser du corps?

Le visage de la morte m'apparut dans toute sa clarté. Etsuko. Ce n'était pas la première fois qu'elle se montrait. Je pouvais être étendue auprès d'Hiro, manger au restaurant, récupérer les alliances chez le joaillier, faire un dernier essayage pour ma robe, son nez délicat, ses lèvres étroites, ses yeux qui ne pouvaient plus se fermer, ses traits réguliers sous sa chevelure colorée, autant de détails se révélaient dans leur finesse. Alors le temps s'arrêtait, le monde devenait noir et une crainte m'envahissait brusquement. Lorsque je revenais à moi, c'était toujours avec une sensation d'indicible fatigue.

— Nanami? Le corps? Comment tu vas t'en débarrasser?

Je bredouillai que c'était déjà fait. Olivier me regarda, incrédule. Il voulut en savoir davantage.

— Est-ce que je te demande si tu as détruit ses vêtements? Son téléphone? Il n'en faut pas plus pour te retrouver si tu l'as encore. Tu ne peux pas tout contrôler, Olivier, tu vois. J'ai besoin de latitude!

— C'est ma liberté qui est en jeu.

— Et la mienne?

Une froideur enrobait le ton de ma voix pour cacher ma déroute.

— Si j'avais su que tu avais de l'expérience, je t'aurais laissé te débrouiller.

— Oui, peut-être que ça aurait mieux valu.

— Tu es sérieux? Tu voulais écrire une autre lettre de suicide. Maintenant, grâce à mon bon sens, la façon d'opérer est totalement différente, et il est plus difficile de relier tes deux crimes.

Olivier ne prit pas le temps d'approuver. Il lui importait qu'on n'ait pas remarqué notre complicité.

— La voisine t'a sûrement vu récupérer la voiture. Et il y a une fille au BV. Mais elle pense qu'on ne s'est rencontrés qu'une fois.

Lorsqu'il me demanda si elles allaient nous causer des problèmes, j'appréhendai ce qu'il sous-entendait. Je niai rapidement pour protéger Rina, mais Olivier n'était pas satisfait.

— Vaudrait peut-être mieux y voir.

— Ne t'avise pas.

— Ou quoi?

Je me sentis piégée. Je ne pouvais pas y croire. Je l'avais considéré comme un artiste émotif, impulsif, mais j'avais tout faux. À repenser à sa danse, je pouvais concevoir qu'il puisse agir avec assez de contrôle pour commettre ce crime de manière calculée et méthodique. Lorsque je relevai les yeux sur lui, une inquiétante impression m'envahit.

— C'est donc ça? Tu es un vrai tueur?

Il prit une grande inspiration. Je demeurai un instant frappée de stupeur. À quel degré d'égarement en étais-je arrivée pour l'avoir débarrassé d'une de ses victimes?

— Les larmes, la peine, les regrets, c'était du théâtre?

Ma voix exposait une fragilité inhabituelle. J'étais complètement désorientée. Ce n'était pas de la peur. Cela me parut infiniment plus complexe. Prise dans cet étrange état d'esprit, je revis une image du spectacle d'Olivier, les pieds en dedans, le bassin près du sol, le visage grimaçant et les yeux révulsés. Dans ma tête, cette vision s'animait dans une improvisation macabre, d'une extrême lenteur, où ses membres déformés par le labeur du meurtre faisaient danser mon cadavre.

Je bus une gorgée de mon jus de fruits.

— Honnêtement, Olivier, c'est ça qui m'attend?

Je le regardai droit dans les yeux.

— Quand tu n'auras plus besoin de mon aide, tu me tueras aussi?

J'avais réussi à parler comme si j'étais prête à accepter sa réponse. En même temps, je me souvins du couteau dissimulé dans mon sac à main, au cas où j'aurais à me défendre.

— Ne dis donc pas de bêtises.

À la manière dont il baissa les yeux sur son café, je sus qu'il avait envisagé cette possibilité. Il serait certainement capable de m'entraîner dans le mince espace entre deux restaurants pour m'étrangler. J'évaluais la distance me séparant de l'hôpital où un passant m'amènerait s'il me découvrait étendue, inconsciente, et j'espérais arriver aux urgences avant qu'il ne soit trop tard. Et malgré la stupeur, alors qu'en touchant le manche de mon couteau, je mesurais mon attachement pour la vie, je me sentis momentanément heureuse.

— Je crois que j'ai gaffé. Le patron a signalé la disparition d'Etsuko et les policiers ont commencé leur enquête. C'était même au journal télévisé ! Je voulais juste te prévenir. J'ai pas réfléchi.

La voix de Rina prenait des inflexions encore plus aiguës qu'à l'habitude. Je devais reculer l'appareil tant elle m'insupportait.

— Le policier m'a amenée manger une soupe. On discutait normalement. C'était presque agréable. Quand il m'a demandé si d'autres filles s'étaient déjà envolées du jour au lendemain, comme il savait tout sur Fuyuka, que je cherchais quoi lui dire, alors j'ai parlé de toi.

Rina laissa durer le silence comme si elle espérait que je la rassure ou la prie de continuer. Je n'en fis rien.

— Mais j'ai spécifié que tu allais bien, qu'avec les filles on s'en était assurées, et que justement je venais juste de te revoir. Je voulais faire l'intéressante, c'est tout. Mais lui, ça l'a fait tiquer. J'ai pas pensé qu'il pourrait s'attarder à ça. Alors je voulais te prévenir. Il m'a demandé ton numéro. Est-ce qu'on peut refuser ça à un policier ?

J'encaissai la nouvelle, sentant le piège se refermer sur moi.

— Tu crois qu'il lui est arrivé malheur ?

— Bah ! Avec elle, on ne sait jamais à quoi s'attendre. Elle fait toujours à sa tête. Elle pourrait avoir suivi un client dans une station thermale, pas de téléphone, pas de portefeuille, pas de télé. Une grosse semaine très payante. Je serais pas surprise qu'elle nous réapparaisse toute bronzée, amusée qu'on se soit énervés.

— Et la police, elle pense quoi ?

— Elle n'enquête pas sans preuve de crime. Mais à cause de Fuyuka, on dirait que le type s'acharne. J'ai hâte que tu le voies, il est assez mignon. Je te parie qu'il est métissé. Et comme je ne lui faisais aucun effet, tu lui plairas sûrement.

Peu avant d'arriver sur les lieux du rendez-vous, je jetai un œil sur la montre qu'Hiro m'avait offerte. Vingt minutes de retard, exactement comme je l'avais prévu. Le pressentiment du danger avait ravivé mes sens. Il s'agissait de rester ferme et de faire travailler ma logique jusqu'au bout de la rencontre. Le policier ne pouvait imaginer que je jouais le moindre rôle dans cette affaire. Pourtant, en bas de la pente douce qui menait au restaurant, j'éprouvai un doute insupportable. Pour me regonfler, alors que je poussais la porte de ce populaire établissement de quartier, je repensai au professeur Koike qui, devant toute la classe, avait applaudi à ma capacité de raisonnement.

Le policier m'attendait, le regard tourné vers la fenêtre. Le soleil qui traversait la vitre éclairait la moitié de son visage. La finesse de ses traits était d'une grande beauté. Il aurait pu aisément obtenir un rôle féminin au théâtre.

— Pardonnez mon retard. Ce n'est pas dans mes habitudes. Mon maître mot, c'est « discipline ». Sans elle, j'aurais dix livres de plus, ne parlerais ni anglais ni français, et j'aurais une maison tout à l'envers !

— Ne vous excusez pas, c'est moi qui suis désolé de vous déranger.

Je souriais, cherchant à faire bonne impression. Une décharge d'adrénaline accéléra mon rythme cardiaque.

— J'admets que ce n'est pas le meilleur moment. Je me marie dans deux jours et il me reste tant à faire ! Ma voix était essoufflée, ce qui n'était pas fâcheux, car j'espérais créer l'illusion d'avoir tout au plus quinze minutes à lui accorder. Je déposai sur la banquette les sacs de magasins de marques remplis de faux achats. J'attrapai le menu d'un geste sec.

— C'est la nouvelle mode de mener les interrogatoires au restaurant ?

— Non, pas vraiment. Mais celui-ci n'a rien d'officiel. Disons simplement que je tâtonne. Voudriez-vous me parler un peu de votre expérience au Blue Velvet ?

Je regardai mes ongles, sincèrement embarrassée. Il ne se perdait pas en préliminaires.

— Ce serait incommodant, monsieur. Et je ne vois pas en quoi cela pourrait vous être utile. Je ne connais pas celle qui est disparue, et je ne me suis jamais sentie en danger avec aucun des hommes que j'ai rencontrés là-bas. Et puisque ma copine prétend qu'il n'est probablement rien arrivé à la femme, cela me semble être une perte de temps. Et croyez-moi, en ce moment, du temps, j'en manque.

J'avais parlé avec suffisance, utilisant le ton de voix que je m'étais créé pour convaincre mes parents du bien-fondé de mes affirmations.

— Oui, j'imagine. Et vous partez en lune de miel ?

— Le lendemain. À Paris. Vous n'allez pas m'empêcher de quitter le pays ?

Il but son jus de légumes. J'observais le mouvement de sa gorge lisse. L'invisibilité de sa pomme d'Adam contribuait à son élégance.

— Non. J'essayais de déterminer comment nous pourrions demeurer en contact. On n'est pas encore certains qu'une enquête s'impose. C'est très exploratoire, tout ça.

Je commençais à respirer plus doucement. Avec pudeur, cette fois, il s'enquit de mes déplacements à Tokyo. J'hésitai. Peu préparée à répondre à ses questions, aussi informelles soient-elles, je restai évasive, datant approximativement ma première visite au BV, puis ma dernière, sous-estimant par réflexe leur fréquence.

— Mais j'ai continué mes voyages pour faire du bénévolat.

Ma poitrine se serra soudain. Mon entourage pouvait confirmer mes dires, mais le centre de personnes âgées ne pourrait les corroborer. Je ne m'y étais rendue qu'à quelques reprises pour raffiner mon imposture. Si le policier vérifiait mes allégations, il aurait des raisons de se méfier. Tant de failles minaient mon plan ! Il pourrait s'intéresser à mes appels téléphoniques et m'associer à Olivier. S'il venait dans le quartier et entendait parler de la camionnette blanche, qui sait ce que madame Miyabe irait raconter ?

Je me tournai vers le policier qui attendait la suite. Il m'observait de ses yeux bruns qui tiraient sur le vert. Rina avait raison, il devait être métissé. Pour rompre la tension que j'éprouvais à soutenir son regard, je détournai le mien vers ma bague de fiançailles.

— Mon fiancé n'est pas du tout au courant du genre de vie que je menais avant, alors, si c'était possible de rester discret...

— Soyez tranquille, madame. Tout se tient.

— Oh ! Vous me rassurez. Je croyais que vous alliez m'enfermer, ha, ha ! C'est mon tempérament. Dès que j'aperçois un policier dans la rue, j'ai toujours l'impression qu'il va m'arrêter. Que, par inadvertance, j'ai causé un préjudice.

J'avais usé de mon charme, de manière à l'enjôler. Pourtant, tout ce qui sortait de ma bouche était pure vérité.

— Faut pas vous inquiéter ! Je cherchais juste à voir si vous pouviez me fournir des informations. On n'a pas encore de crime sur les bras, et quand il y a un crime, il y a un mobile, et pour qu'une femme y soit mêlée, il faut qu'il y ait de l'amour ou de l'argent. Et je crois que vous avez déjà tout ça.

Loin de réagir à ses paroles sexistes, le fait qu'il se trompait carrément me réconforta. Il s'était fait un plaisir de m'analyser, me rangeant dans la catégorie des riches femmes au foyer. J'étais arrivée en retard avec des sacs de grands magasins dans l'espoir qu'il se laisse égarer par ses préjugés. Cela m'avait donné une véritable longueur d'avance. Mais autant je me sentais invincible, autant j'étais déçue. À l'instar d'Hiro, je trouvais que le policier manquait d'ardeur à me connaître.

— Qu'est-ce qui vous a poussée à retourner au bar, la semaine dernière ?

— Dois-je vraiment répondre ? Je ne vois pas le rapport ! C'est une intrusion dans ma vie privée !

— Je suis désolé de devoir être aussi désagréable.

Je craignais que cette visite, peu après la disparition d'Etsuko, puisse m'incriminer, mais je ne voulais rien laisser paraître. Alors je risquai une explication, quitte à forcer un peu la note.

— Une sorte de nostalgie, je crois. Et l'étrange envie de revisiter les lieux qui m'ont construite.

Je m'assurais d'y insérer la bonne dose de vérité.

— Ce matin-là, j'avais regardé les jardinières de l'intérieur de la maison, insatisfaite de mon sort. Je me suis demandé tout à coup ce qu'au fond j'avais bien pu faire depuis mes fiançailles.

Je pris une pause bien calculée.

— Ce que je vais vous raconter, ne le dites à personne. Même à Rina, j'ai menti. Je suis retournée au BV avec l'intention de me rapprocher d'un touriste.

Je trouvai étrange de me confier ainsi. Et je dus me retenir pour ne pas me confesser davantage. Les volets d'une fenêtre s'étaient entrouverts, laissant pénétrer de l'air et de la lumière. Mais je les refermai aussitôt.

— Comment cela s'est-il passé?

Le policier regardait pudiquement son verre de jus de légumes.

— Je me suis rappelé ma nouvelle maxime: mieux vaut mal accomplir son devoir conjugal que bien exécuter celui d'une autre.

Nous lâchâmes un rire libérateur, mais je laissai le mien s'allonger derrière mes doigts, jouant celle qui se comporte avec retenue et délicatesse. Puis je sortis mon portefeuille. Dans sa façon d'insister pour payer, je sentis qu'il éprouvait une certaine sympathie à mon égard.

— Je regrette que vous vous soyez donné tout ce mal pour me rencontrer et de vous avoir fait attendre alors que je n'avais rien d'important à vous apprendre.

J'empoignais mes sacs. Le policier, tout sourire, réattaqua.

— Reconnaissez-vous cet homme?

J'observai la photo, les yeux écarquillés de surprise. M'avait-il menée en bateau tout ce temps? Savait-il déjà tout? Je cherchais à ne rien laisser paraître, mais me rendis compte que je me mordillais déjà la lèvre.

— Oui. Nous avons fait l'amour une fois.

Je le jaugeai difficilement. Ayant lu tant de romans noirs, je connaissais bien cette astuce: mettre le témoin en confiance et lui poser la question fatale, à la toute fin, prétextant un innocent détail de dernière minute. Je souhaitais en finir au plus vite.

— Avez-vous des renseignements à me fournir à son sujet?

— C'est assez gênant… Disons qu'il est porté sur le S & M et le bondage.

Il empoigna son verre, embarrassé.

— Vous êtes-vous livrée à ce type d'activité avec lui?

Je baissai la tête. Il y en a qui sont très doués pour embobiner et qui contrôlent la conversation en riant dans leur barbe. Moi qui croyais souvent être cette personne, je devais reconnaître que je n'avais pas affaire à un amateur.

— Et vous êtes-vous, à un moment ou à un autre, sentie en danger?

L'idée de trahir Olivier et de sauver ma peau me traversa. En échange d'aveux, je pourrais certainement m'en sortir. Mais quelque chose me retenait, s'y opposait.

— Au contraire.

Le policier me regardait avec curiosité.

— Je ne veux pas en dire plus que nécessaire, mais comparé à d'autres, cet homme était un professionnel. Il utilisait un chronomètre, donnait des explications claires, un code préventif, vraiment, même avec mon médecin, je ne me suis pas sentie entre aussi bonnes mains.

Je m'étais efforcée de parler avec une pointe d'humour discret, mais j'ignorais si j'y étais arrivée. Le policier me toisait avec circonspection. Doutait-il de l'image que j'avais fabriquée? Alors qu'il allait ouvrir la bouche, j'avais le ventre noué.

— Vous partez donc à Paris dans trois jours? Je vous demanderais de garder votre téléphone avec vous, au cas où.

J'acquiesçai, acceptant la carte qu'il me tendait, puis le saluai poliment.

J'essayai de m'éloigner d'un pas détendu, mais m'en voulais d'avoir commis autant d'erreurs, de ne pas être arrivée mieux préparée. J'avais été imprudente de débiter à la police les histoires conçues pour mes parents.

Je marchai une quinzaine de minutes avant d'atteindre une cabine téléphonique d'où j'espérais ne pas attirer l'attention. Je me remémorais la conversation sans parvenir à me libérer de cette hantise : le policier avait sans doute décelé mon état de confusion intérieure. Pourtant, un fait demeurait : rien dans ses questions ne m'avait fait penser qu'il avait vu un lien entre la victime et moi. Il était très probable qu'il avait voulu me rencontrer pour la seule raison que j'avais déjà connu le suspect.

J'insérai une carte téléphonique dans l'appareil et racontai l'entretien à Olivier. Ce faisant, le monde retrouva son unité et, alors qu'Olivier se croyait perdu, je raisonnais avec une assurance présomptueuse.

— Les policiers ne sont pas tous compétents. Il faut arrêter d'idéaliser certains métiers. Même les meilleurs professeurs d'université ne disent pas que des choses exactes. Je suis bien placée pour le savoir. Les policiers sont humains, comme tout le monde, et se trompent bien plus souvent qu'on le pense. La preuve, ils ne t'ont pas identifié la première fois.

— Je ne sais pas, Nanami. J'ai l'impression que mes heures sont comptées.

— Joue la carte de la vérité. Appelle-les, dis que tu veux coopérer. Tu n'auras même pas besoin d'alibi. S'ils présument que tu as passé la nuit avec elle, ils sont loin d'avoir compris la vraie nature de cette affaire.

— Je leur raconterais quoi ?

— Que vous vous êtes quittés. Que tu ignores où elle est allée. Et avec de la chance, tu pourras rentrer chez toi. Ils n'ont pas de cadavre, alors de quoi veux-tu qu'ils t'accusent ? Il ne faut pas oublier que les policiers sont d'abord des fonctionnaires.

— Je ne sais pas. Ça me paraît risqué.

— C'est peut-être la seule façon pour toi de sortir du Japon sans être arrêté à la douane. Mais tu dois te préparer à ce que ta chambre soit fouillée. Assure-toi de bien faire le ménage et amène d'autres filles pour mêler les empreintes. Il ne faudrait pas qu'ils trouvent les miennes.

J'avais du mal à croire que je lui suggérais cela.

— Mais si je les appelle maintenant, juste après que tu leur as parlé, ça pourrait paraître suspect, non ? Et t'incriminer.

J'étais surprise qu'il s'en fasse pour moi. Et il avait raison. La prudence s'imposait.

— Et s'ils m'interrogent sur Tokumaru Fuyuka ? Je n'aurai pas les nerfs assez solides. Je sens que je dois me préparer à toutes les éventualités.

— Samedi soir, on dort à Narita puis on s'envole pour Paris. Tu pourras te cacher à la maison. Je vais rédiger un questionnaire pour t'aider à préciser ta défense. En quittant ta chambre, si elle se loue, il deviendra de plus en plus difficile d'y recueillir des indices.

— Tu penses vraiment qu'on pourra continuer à vivre comme ça, en trompant tout le monde ?

Je me mis à rire, d'une voix forte et grinçante.

— Je ne sais pas, Olivier. Je me démène, mais je ne vais plus très bien. Parfois, je m'arrête et me demande si je n'ai pas l'esprit plus dérangé qu'un meurtrier.

Du reste de la journée, je n'entendis plus qu'une sorte d'écho moqueur.

Quand je me réveillai, une vibration qui venait tout juste de s'arrêter résonnait encore dans mes oreilles. Mon dos glissa sur une surface dure et froide. J'écarquillai les paupières et fis tourner mes yeux dans leurs orbites. Très vite, mes pieds se retrouvèrent sur le sol et je me dirigeai vers le salon. Mon regard essayait de percer les fenêtres obscurcies par l'orage pour confirmer qu'aucune voiture suspecte n'approchait. L'idée que la police pouvait être en route m'effrayait. Je vérifiai que la porte d'entrée était verrouillée et, en apercevant qu'Hiro avait précautionneusement placé nos deux parapluies dans le socle, je songeai à m'étendre auprès de lui.

J'avalai un somnifère.

Alors que j'avançais doucement dans la chambre, je me sentis mal à l'aise. Je n'avais pas envie de me recoucher. Quelque chose freinait ma volonté. Je me dirigeai vers la salle de bains, m'installai sur la cuvette et attendis. Des gouttes de pluie cognaient contre la fenêtre. Je me levai pour l'ouvrir et, instantanément, la pièce se chargea d'humidité. Je sortis la tête pour observer le voisinage.

Autour, il ne se passait absolument rien. Pas une voiture, pas une lueur dans les maisons. Seule la lumière extérieure du détecteur de madame Miyabe s'allumait de temps à autre à cause des branches agitées par le vent.

Le haut du corps trempé, je refermai la fenêtre. L'air conditionné qui pénétrait par la bouche d'aération me faisait frissonner. Je me déshabillai et m'emmitouflai dans une serviette.

Je demeurai assise comme ça, sur le rebord de la baignoire, jusqu'à ce que l'effet du somnifère se fasse sentir. Lorsque j'ouvris les yeux pour aller vers la chambre, mon cerveau engourdi reçut un choc et ma gorge laissa échapper un cri de terreur. Je n'étais pas seule dans la pièce.

— Hiro?

Pas de réponse.

Je ne me rappelais pas où se trouvait l'interrupteur. Pendant que dans l'obscurité ma main tâtonnait le mur pour allumer, ma serviette se dénoua. Le bruit qu'elle fit en s'affalant me parut décuplé.

L'autre, n'étant pas très loin, semblait m'observer patiemment.

— Olivier?

Toujours pas de réponse.

Ma main balayait la surface près de la porte. Ma prochaine idée fut insupportable.

— Etsuko?

Le bout d'un doigt accrocha le bouton. La clarté inonda la pièce.

Il n'y avait que mon reflet, dans le miroir. Ce n'était pas la police, ce n'était pas un meurtrier, ce n'était pas un fantôme. Cet allégement me donna le vertige au point que je faillis perdre connaissance. Mon cœur supportait mieux l'angoisse que le soulagement.

Je tentai de sourire à mon reflet. Le genre de sourire que j'offrais à une collègue avec qui je n'avais pas spécialement envie de converser. Un sourire poli, distant. Le visage, dans le miroir, restait de glace. On aurait dit qu'il me jugeait. Me haïssait.

Je demeurai figée un bon moment, avec l'impression que mon reflet n'était pas moi. Je voulais amorcer un geste, pour me prouver que c'était impossible, que j'avais le contrôle, mais rien ne se produisit.

Mon impuissance me prenait à la gorge. Ma vue se brouilla et le contour de la silhouette devint imprécis. J'avais sommeil, ma tête pendait, je n'avais plus de force. J'essayai de reculer, seulement d'un pas, pour rompre ce contact désagréable. Et le monde autour parut se rétrécir, se recroqueviller.

Il n'y avait plus qu'elle et moi, fixées dans une durée absolue, dans un présent clos, éternel.

Mon année sans Olivier commença par un voyage à la campagne.

Suite à l'annonce de nos fiançailles, nous nous étions décidés à parcourir le trajet pour qu'Hiro rencontre enfin mes parents. Arrivé sur les terres, il se montra fasciné par la ferme ancestrale, le bâtiment brun isolé et le champ de culture.

— On dirait que ce lieu exerce sur moi un pouvoir magique. Je me vois déjà ici avec toi finir mes vieux jours.

Il avait parlé en rigolant, mais son ton transpirait d'honnêteté. Son excitation à l'idée de connaître ma famille était réelle et je le sentais disposé, même si nous étions d'un rang social différent, à l'aimer telle qu'elle serait.

Plus tard, au cours du souper, alors que la glace était brisée, qu'une deuxième bouteille de saké avait été ouverte, ma mère commençait à se montrer volubile. Elle vantait son repas composé d'ingrédients frais du jardin et Hiro s'extasiait à chaque bouchée. Depuis le tragique tremblement de terre, elle surveillait tout ce qu'ils mangeaient et préparait des recettes anticancer. J'avais du mal à comprendre pourquoi elle déployait autant d'énergie à repousser la mort, car j'estimais qu'elle faisait tout sauf vivre pleinement. Hiro, qui cherchait à savoir pourquoi j'étais la seule à ne pas m'égayer, découvrit qu'il existait maintes anecdotes sur le sujet, ce qui leur donna l'occasion de s'amuser à mes dépens. Puis mon père discourut de la ferme, de la descendance, et Hiro, devenant sérieux, se montra plus qu'intéressé, comme si cette réunion devait déterminer l'orientation de son avenir.

On pourrait présumer que, pour un être normal présentant son fiancé à ses parents, la soirée se déroulait à merveille. Mais, alors que j'aurais dû être rassurée qu'il s'intègre si bien dans ma famille, je basculais dans ma mélancolie. J'avalais mes légumes en silence pendant qu'eux trois bavardaient sans relâche, ce qui ne faisait qu'exacerber mon sentiment de dissemblance, non seulement avec mes parents, mais aussi avec mon futur époux. J'observais cette maison que j'avais fuie, ma mère et mon père que j'avais quittés, je pensais à ce village d'où je m'étais échappée. Ce monde sécuritaire, banal, je l'avais recréé en me fiançant.

Les hommes débarrassèrent la table. Ma mère souriait béatement.

— Je suis agréablement surprise, ma fille. Tu as choisi un homme bien, de la trempe de ton père.

J'avais sursauté, comme si elle venait de me piquer avec une aiguille de couture. Pourtant, en apparence, tout les éloignait. Un architecte de génération en génération et un fermier de génération en génération ne pouvaient pas être si semblables. Mais oui, ma mère disait vrai, j'avais choisi un homme pareil à mon père : travaillant, dévoué, fidèle, généreux, altruiste. Puis mon esprit devança ma pensée et je frémis avant même de l'avoir formulée intérieurement : Et je deviens ta réplique.

En milieu de soirée, à l'heure où mes parents se couchaient, je ne pouvais m'empêcher de me demander, comme à chaque visite, si ma mère se sentait frustrée de son sort. J'abandonnai Hiro sur le futon de l'étage alors qu'il lisait tranquillement une revue scientifique. Mes parents n'auraient pas toléré que nous partagions la même pièce. Puis, en pensant que pour la première fois depuis quelques semaines, je devrais m'endormir sans lui, je revins sur mes pas pour l'embrasser furtivement.

— Merci de jouer le jeu.

Dans ma chambre, je constatai combien celle-ci avait changé. Ma garde-robe était remplie des vêtements de ma mère. Tristement, j'enfilai ma tenue de nuit, essayant d'imaginer la relation de mes parents depuis qu'ils faisaient chambre à part. Je me demandais même s'ils se parlaient encore.

Je fouillai mon sac à la recherche de somnifères. Ma main en inspecta le fond sans parvenir à les trouver. Je ne pouvais me pardonner un pareil oubli. Ici, aucune occupation ne pourrait soulager mon ennui.

Je sortis de la chambre, observai mes parents qui se préparaient au coucher sans se regarder. De la même manière qu'ils avaient maintenant leur propre pièce, ils affrontaient la vie dans la solitude.

— Nanami, tu n'es pas encore couchée?

— Maman! Je n'ai plus l'habitude d'aller au lit à cette heure. Et j'ai oublié d'apporter mes médicaments.

— Tu prends des pilules, à ton âge! Il y en a dans ta chambre, dans la table de chevet. Je vais te chercher de l'eau.

Elle descendit sur la pointe des pieds. Un instant plus tard, elle échangea quelques paroles étouffées avec Hiro, puis remonta. Je l'attendais, un comprimé dans la main.

— Donne. Je vais en prendre aussi.

Nous nous sommes partagé le verre d'eau. À travers un silence nerveux résonna le bruit de nos déglutitions. Je constatais que le poids de mon éducation stricte pesait non seulement sur mes épaules, mais sur celles de ma mère aussi. Depuis toute petite, j'avais été soumise à des règles contre lesquelles je m'étais intérieurement insurgée, mais je m'apercevais à ce moment que la pire, la plus sournoise, m'était toujours passée sous les yeux. J'avais grandi dans une maison où l'expression de la tristesse et de la douleur n'avait jamais eu sa place, un univers où femmes et enfants devaient apprendre à se maîtriser.

— On ne se connaît pas beaucoup.

Ma mère avait parlé d'un air impuissant. Je repris le verre d'eau et la regardai s'éloigner. Dans la pénombre, j'aurais voulu réfléchir à ce qu'elle venait de formuler, à cette main tendue, mais je ne pouvais m'empêcher de songer à une affaire plus urgente : il n'y avait rien que je connaissais moins bien que moi-même.

Sans somnifère, je n'avais aucun mal à tenir debout toute une nuit. Les lumières éteintes pour ne pas alerter le voisinage, j'attendais Olivier, penchée à la fenêtre, les yeux braqués sur le trottoir. Lui ayant interdit de se rendre jusqu'à ma rue en camionnette, je ne pouvais anticiper sa venue et cela me mettait sur le qui-vive.

Quand je le vis traverser la lueur du lampadaire, les nerfs de mon cou tressaillirent brusquement. Un sentiment de remords déborda du mur derrière lequel il était contenu. Cacher Olivier dans la maison payée par Hiro me rendait coupable de profanation. J'avais beau tourner la situation dans tous les sens, me rappeler que Mitsuko avait construit notre demeure et que, pour ainsi dire, elle s'était incrustée dans notre ménage, aucune équation n'arrivait à m'acquitter.

J'accueillis Olivier en silence. Stupéfait, il s'empressa d'entrer, amenant avec lui une vague de chaleur.

Parvenue en bas de l'escalier, j'allumai la lampe de poche pour éclairer la pièce de rangement. Dans cet espace exigu rentraient à peine mon matelas de yoga et le sac à dos que j'avais préparé au début de la nuit.

— Tu trouveras des piles de rechange, de quoi grignoter, un livre, une bouteille d'eau, un questionnaire pour t'exercer à un interrogatoire, puis des instructions à suivre pendant mon voyage.

— Tu as vraiment pensé à tout.

— Je croyais que tu me tenais en plus haute estime. Et active-toi, mon fiancé ne va pas tarder à se réveiller.

Olivier se plia pour pénétrer dans la pièce obscure.

J'attrapai son téléphone, effaçai l'historique de ses appels, puis mon nom dans ses contacts. À force de mentir à mon entourage, mes succès m'avaient poussée à me croire capable de tout dissimuler aux yeux des autres.

Mais je ne vivais plus dans la réalité.

— Et demain, si tu entends le moindre bruit, tu te caches.

Olivier se mit à gémir. Il s'en sortait bien trop facilement. Il avait tué deux fois sans aucun châtiment.

— Nanami, je rêve parfois qu'on me découvre et que tout ça se termine. Je dois peut-être payer ma faute pour me sentir à nouveau tranquille.

Je cherchai l'énergie pour empêcher ses paroles de trouver leur écho en moi.

— Je veux subir les conséquences de mes actes.

— Ne vois-tu pas que tu les subis ?

En pensant à mon fiancé, à nos deux familles qui seraient rassemblées au lendemain pour célébrer notre union, je fus envahie par la culpabilité. Je ravalai mes sanglots et le regardai une dernière fois, essayant de me convaincre que tout était parti de lui. J'avais envie de crier qu'il n'était qu'un meurtrier, un égoïste, qu'il avait gâché ma vie. Mais non : j'étais bien à l'origine de tout. Moi et mon désespoir. Moi et mon désir de liberté. Moi et mes passions sans issue.

Je doublai ma dose de somnifères et avançai vers la chambre.

Je m'étendis auprès d'Hiro avec l'impression de vivre en sursis, que je n'aurais déjà plus dû être allongée à ses côtés. Je m'étais embarquée sur un chemin sans croisements qui me conduirait jusqu'à la prison. Et soudain, alors que mes yeux se fermaient, toutes les inquiétudes latentes qui s'étaient cristallisées depuis notre décision de cohabiter s'évaporèrent. Tout ce à quoi je croyais devoir inexorablement renoncer devint incolore. Et je pris conscience d'une atrocité qui, sans médication, m'aurait tenue éveillée toute la nuit : j'étais devenue incapable du moindre élan de gratitude. À force de me projeter dans des futurs hypothétiques, peu importe ce que le présent avait à m'offrir, peu importe ce que je parvenais à obtenir, à accomplir, rien n'était jamais assez bon, et les vies fictives que j'imaginais mener semblaient toujours meilleures.

Alors que j'étais sur le point de m'endormir, Hiro, dans un demi-sommeil, vint m'enlacer.

— Je croyais bien t'avoir entendue pleurer.

Il me serra contre lui. Je m'abandonnai à son étreinte. Son corps m'allait à merveille, comme un vêtement fait sur mesure. Je pleurai de plus belle. Comment se faisait-il que même si je n'y mettais aucune énergie, notre union semblait le satisfaire ? Cela ne pouvait pas être aussi simple.

— Qu'est-ce qui ne va pas, Nanachan ? Dis-moi comment je pourrais te consoler.

— Seule la mort pourrait me soulager.

— Comme tu peux être mélodramatique !

Aussi profond et sincère qu'était mon drame, alors que je continuais de pleurer pendant qu'il riait en me caressant les cheveux, au lieu de m'offusquer, je me sentis soudain telle qu'il m'avait toujours vue : une jeune femme innocente et émotive. Il me caressa tendrement et, à la seconde où il s'endormit, la tête au creux de mon cou, j'eus le sentiment de l'aimer réellement.

Les paupières closes, il me parut que la lumière éclairant mon visage avait la puissance du soleil. Se répandirent une odeur de savon et de l'eau sur ma peau qu'on venait masser, avant de la rincer, puis de l'éponger. Une crème fut étendue à l'aide de mouvements circulaires, suivie d'une substance plus épaisse, plus grasse.

Approchèrent des pinceaux. Je songeai à l'agencement subtil des couleurs, pendant que des mots incompréhensibles se heurtaient à mes oreilles. Je n'étais plus certaine si la maquilleuse me parlait. Le bruit continu de la ventilation me rappelait celui des vagues. Je voulus prendre une grande respiration, comme pour vérifier si l'air était salin, mais rien ne se produisit. Mon ventre, sur lequel mes mains étaient posées, ne remuait pas. J'essayai de nouveau, concentrai mon attention sur mon diaphragme, cherchai à ouvrir les narines, mais l'air n'entrait toujours pas.

J'allais mourir.

Un profond état de panique s'installa. J'allais mourir, comme ça, ici, stupidement.

Je tâchai une fois de plus de prendre une bouffée d'air, puis tout à coup, une fatalité m'interpella.

J'étais déjà morte. Olivier m'avait tuée pendant mon sommeil.

Horrifiée, je voulus écarquiller les yeux pour officialiser ce constat : mon cadavre reposait sur la table de l'embaumeur.

Je me relevai soudain sur la chaise et mesurai mon égarement. Plusieurs employées se tournèrent vers moi. Il restait à peine deux heures avant le mariage.

Je m'observai dans la glace. À cause de mon mouvement brusque, une trace de rouge à lèvres s'étendait jusqu'à l'oreille.

— Je suis désolée. Je me suis assoupie et j'ai certainement fait un cauchemar.

Je me recalai au creux de la chaise.

Pendant que la jeune femme essuyait la marque sur mon visage, je portai un œil à mon téléphone. Hiro avait appelé trois fois et un message me priait de le joindre. C'était urgent.

Redoutant qu'il ait découvert le cadavre ou entendu Olivier, j'obtempérai aussitôt.

— Nanami, mon amour...

Sa voix était tremblante.

— Qu'est-ce qui t'arrive?

— Avant que tu sois ma femme, je dois reconnaître une faiblesse, sinon, je ne pourrai jamais me marier tranquille.

Je tendis une oreille inquiète tout en admirant ma manucure. Je n'avais aucun mal à vivre en même temps des états aussi contradictoires.

— Il y a six mois, quand j'ai signé le contrat pour la maison, j'ai bu un verre avec Mitsuko, et nous nous sommes embrassés.

Cette information me secoua. Des larmes montèrent instantanément à mes yeux et je me concentrai pour les y emprisonner.

— Je m'en doutais bien.

Ma susceptibilité à l'égard de cette nouvelle m'inspirait une certaine honte, mais je n'y pouvais rien. Les pensées qui me tourmentaient depuis des jours venaient de disparaître au profit d'une jalousie qui attisait mes instincts d'amoureuse passionnée.

— Mais il ne se passe rien, Nanami. C'était un baiser d'ivresse, rien de plus. Je voulais simplement être honnête avec toi. Tu seras ma femme, et on doit promettre de tout se dire.

La maquilleuse attendait un signe de ma part. Je demeurai silencieuse, traversée par une image d'Olivier. Le sentiment de ma propre culpabilité apaisait ma colère. Je pourrais lui pardonner son imposture, mais pourrais-je m'y fier lorsqu'il serait question de Mitsuko? Ou de toute autre femme? Oui, car il avait su être honnête. En comprenant cela, je fus tétanisée à l'idée qu'Hiro découvre mes mensonges. Et au milieu de cette frayeur se glissa une pensée qui assombrit davantage mon esprit malheureux. Je ne serais pas en droit de m'attendre à la moindre compassion.

Ce matin-là eut lieu la cérémonie du mariage. À midi s'ouvrit dans un jardin un petit banquet. Il y avait, de tous côtés, sous les arbres en fleurs, des tables rondes couvertes de nappes lilas. Des parents, des clients, des professeurs et des amis mangeaient en écoutant une suite ininterrompue de discours. Mise à part l'humeur de certains convives incommodés par les brûlants rayons du soleil, tout se déroulait comme prévu.

Après le repas, certains membres de la famille venus de loin se retirèrent sans manquer de nous féliciter. On prit soin de remettre à chacun un *hikidemono*. Dans les bourses se trouvaient entre autres des bonbons que j'avais confectionnés. Les autres invités se préparèrent pour la séance photo.

Pendant qu'Hiro discutait avec mon père, j'eus un mouvement de recul. À force de le côtoyer, et du fait qu'il avait si bien su s'y retrouver dans les codes de ma famille, j'en étais venue à le traiter comme tel. Mes sentiments pour lui se rapprochaient tellement de ceux éprouvés pour mon père qu'il m'arrivait, par erreur, de confondre leurs noms dans ma tête. Mon sourire de convenance tremblait. Cela confirmait ma certitude que notre union ne pourrait pas durer.

Quel dommage, nos deux familles s'entendaient si bien. Des postillons hilares fusaient de toutes parts. Mon père, qui sortait rarement de la campagne, paraissait à l'aise dans ses beaux habits. Il riait à gorge déployée avec Hiro, lui montrant plusieurs marques d'affection. Je ne me rappelais pas l'avoir déjà vu pleurer. Dans sa maison, seule l'expression de la joie était tolérée. Mieux valait porter un masque et arborer un sourire de circonstance avant de s'effondrer dans sa chambre, étouffant le bruit de ses larmes entre deux oreillers. Je me demandais comment réagiraient les invités si je me mettais à sangloter, maintenant, avec autant d'aisance que certains qui s'esclaffaient dans l'indifférence générale.

Je marchai un peu à l'écart. Je perpétuais la vie de mes parents et non la mienne. Si loin des autres, sans cesse pétrifiée par la peur de mal faire et de mal dire, j'avais vécu mes désirs comme une menace, obsédée par la notion du bien et du mal enseignée par mon père.

— On n'arrive jamais à savoir ce que tu penses vraiment.

Ma belle-sœur venait de me rejoindre, tandis que je reprenais mon souffle à l'ombre d'un arbre. Je fus envahie de remords. Toutes les femmes normales rêvaient d'épouser un homme du rang d'Hiro. Pour elles, la route qui s'ouvrirait devant serait longue, propre et solide. L'année précédente, j'imaginais suivre Olivier parce qu'avec lui, tout ne m'était pas donné. Son mystère stimulait sans cesse ma créativité.

— Kyôko ! Je suis contente de te voir.

Mes amabilités se heurtèrent à une résistance indéfinissable de sa part. Et au lieu de couler de source, les quelques phrases que je prononçai ensuite se bloquèrent, puis se brisèrent. Mon regard balaya le jardin, dans l'espoir de trouver une façon de sortir de cette impasse. Shugoro, que je n'avais pas vu depuis cinq ans, était assis au loin. Il était maintenant un adolescent.

— Excuse-moi, mais je vais aller voir ce que fabrique mon jeune cousin. Il a presque incendié la maison de ses parents, alors mieux vaut le surveiller, ha, ha !

Les yeux fuyants, sans même juger bon d'honorer cette moquerie d'un sourire convenu, ma belle-sœur se retira.

Mon cousin était né le même jour que moi, à dix ans d'intervalle. Cela avait créé un lien mystérieux entre nous. Durant les réunions familiales, je me proposais toujours pour le garder. En fait, il me servait d'excuse pour échapper aux conversations d'adultes. Ses parents aimaient bien nous voir ainsi. Lorsque nous leur rendions visite, je n'avais pas fini d'enlever mes chaussures qu'il me tirait la main pour m'amener avec lui.

Je l'approchai en faisant comme si les dernières années n'avaient pas érigé de barrière entre nous.

— On t'a remis le cahier ? Tu dessines quoi ?

Aucune réponse de sa part. Shugo parlait peu, intimidé par un problème de dysphasie. Pourtant, avec moi, il avait l'habitude de s'exprimer librement. Je le fixai pendant qu'il repoussait son esquisse. Il décroisa les jambes pour les replier du côté droit, de manière féminine.

Il semblait confus. Après avoir pris une grande inspiration, il pencha la tête. Une mèche de ses cheveux vint couvrir son œil gauche, descendant jusqu'à son épaule. D'un mouvement brusque, il tenta de l'envoyer vers l'arrière, mais elle retomba au même endroit. Je le trouvais émouvant.

— T'as pas une cigarette ?

— Mais non. Je ne fume pas.

— Je t'ai déjà vue pourtant. Tu te cachais.

Je ne pus réprimer un rire, le premier, le plus sincère de la journée. Je soulevai le bas de ma robe et vint le rejoindre sur le gazon, les jambes allongées dans une position semblable à la sienne. Le mur translucide qui nous séparait s'était évaporé.

— C'est pas que je suis fumeur, c'est juste que parfois j'aime ça.

Mon regard se perdit au loin. Hiro semblait me chercher à travers la foule composée d'hommes et de femmes pratiquement identiques.

— Qui est le garçon sur le dessin ?

— C'est moi.

— Et la fille, à côté ?

Mon cousin rougit.

— C'est moi aussi.

Un minuscule nuage passa devant le soleil, mais ce fut comme si l'air devenait soudainement léger, que la pression atmosphérique avait diminué de moitié. Je pris une inspiration profonde, fermai les yeux. À travers mes paupières, je sentis très vite que le soleil était réapparu.

— Tu veux te changer en femme, c'est ça ?

Il secoua la tête. C'était étrange. On aurait dit qu'il était irrité contre moi, ou qu'il me prenait en pitié. Je pensai qu'il n'en faudrait pas beaucoup plus pour que se reforme un muret entre nous. Il balança son poids sur ses mains.

— Ce n'est pas comme si le garçon se regardait dans le miroir et voyait le reflet d'une fille.

Il s'était efforcé de n'afficher aucun mépris. Peut-être que, pour honorer le souvenir qu'il avait de moi, il avait décidé de me laisser une chance.

J'observai le dessin avec plus d'attention. Au centre d'une chambre vide, sur un plancher de bois, se tenaient deux corps torsadés comme les troncs tressés d'un ficus. Au-dessus de leurs têtes, leurs bras s'élevaient, touchant presque au plafond. En dessous, dans une pièce elle aussi inoccupée, leurs orteils s'allongeaient sur les murs. Il en était à peaufiner les traits de la jeune femme, et si je l'avais surpris quelques instants plus tard, elle aurait sans doute eu une robe semblable à la mienne.

— Le garçon, on dirait une version embellie de mon mari.

— Oui. Je me suis inspiré de lui.

— Et pour la fille ?

Il me regarda d'un air entendu, puis je changeai de position. Comme je ne comprenais toujours pas, il décrivit sa sensation d'être deux personnes et sa crainte qu'aucune ne puisse s'épanouir en présence de l'autre. Puis il me fixa, plaçant sa longue mèche de cheveux derrière son oreille.

— Le mariage m'a donné cette idée. Et si elles s'unissaient pour ne faire qu'une ?

Il baissa à nouveau les yeux.

— Mais c'est juste une idée comme ça. Ça ne veut rien dire, au fond.

Il tira vers lui son dessin pour ajouter quelques traits, mais en voyant sa mère avancer, il referma aussitôt le cahier.

— Vous êtes là !

Elle considérait son fils avec sévérité. Hiro, à quelques pas derrière, s'approchait aussi.

— Que fais-tu dans l'herbe avec tes beaux habits ! Lève-toi !

— Nana le fait bien, et sa robe est bien plus magnifique.

Les doigts glacés de ma tante nous encouragèrent à nous relever.

— Viens, Shugoro. On aimerait t'entendre jouer du piano.

— Non. Je ne veux pas.

— Viens tout de suite !

— Non !

Le voir tenir tête à sa mère alors que j'en étais toujours incapable me fit honte. Hiro nous avait presque rejoints. Le photographe cheminait, derrière lui. Ma tante affichait un sourire artificiel et tendu.

— Je te le demande une dernière fois.

— Non.

À son âge, j'avais hâte d'être une adulte pour n'en faire qu'à ma tête. Force était d'admettre que, malgré mes vingt-quatre ans, je n'y étais pas encore arrivée.

Hiro vint m'enlacer. Le photographe immortalisa cet instant alors que mes parents s'approchaient, suivis de mes grands-parents, puis de mes beaux-parents. Le père d'Hiro, canne à la main, femme au bras, marchait avec un air de survivant miraculé. Le reste des invités s'avança pour cette photo improvisée. En voyant la série de gens deux par deux, je pensai qu'on ne m'avait jamais rien appris d'autre lorsqu'on m'avait expliqué ce qu'était le bonheur adulte et que, sans jamais le contester, je m'étais mise à le vouloir aussi.

Je regardai tout autour. Mon cousin avait disparu. Il n'y avait aucun modèle, aucun couple à qui je souhaitais ressembler, personne dont j'aurais envié l'aisance, la liberté.

— Souriez !

Oui, dans ma famille, il fallait serrer les dents, sourire et avancer. C'est ce que, depuis le matin, depuis toujours, je tâchais de faire. Mais à ce moment-là, dans ma robe blanche, et en y pensant bien, tout au long de l'après-midi, alors que je recevais les félicitations joviales de nos proches, j'avais eu le sentiment de n'être qu'une sorte de robot mondain.

— Encore une !

Les vitres d'un immeuble voisin me renvoyaient le soleil en plein visage. Éblouie, je vis onduler des cheveux roses. Ça recommençait. Les sons devinrent imperceptibles, comme si ma tête était plongée dans une baignoire. Puis des traits apparurent progressivement, tels qu'ils auraient été dessinés par mon cousin. Etsuko. Je tentais de rompre cet instant d'illusion, mais l'image s'incrustait. Et pendant une seconde, je crus qu'elle me regardait, que nous nous regardions, elle et moi, dans les yeux. Je fus soudain prise d'étourdissement et je luttai pour ne pas m'évanouir. Une main m'empoigna à la taille et je fis volte-face. Le soleil cessa de m'éblouir. Etsuko avait disparu. Mon corps, secoué de chagrin, était embarrassé par une sensation d'abandon.

Hiro m'embrassa gentiment. Je jetai un œil à ma montre dans un geste vide de sens. Je n'avais aucun souvenir de l'avoir mise. Je repassai dans ma tête chaque minute de la journée et, j'en étais certaine, je n'avais jamais pris la décision de la porter. Puis en y repensant, de la marche nuptiale à l'échange des alliances, pendant le repas, les discours, à aucun moment, elle n'avait été à mon poignet.

— Tu ne m'en veux pas, tu le jures ?

— Pour Mitsuko ? C'est pardonné. N'empêche, tu as mal choisi ton moment pour me l'annoncer.

Légèrement ivre, Hiro prit cela comme une blague et me caressa, rassuré. Ce faisant, je sentis que je ne pourrais jamais être son épouse, que plus nous allions avancer dans la vie, plus le fossé entre l'image qu'il avait de moi et celle que j'étais vraiment s'élargirait. Car nous ne vivions pas dans le même monde et chaque jour que je passais dans le sien me rendait un peu plus stérile.

Nous sommes revenus vers les tables. Juste avant que ne démarre la musique invitant les plus jeunes à se diriger vers la soirée dansante, imperceptiblement, il me sembla deviner que quelqu'un au loin soufflait ces mots : « Je dois vous confier que tout récemment, je l'ai aperçue dans des circonstances si singulières que je n'ai pas osé lui adresser la parole. »

S'agissait-il du professeur Koike qui m'avait vue à la gare? Disait-il du mal de moi le jour de mon mariage? Une évidence immédiate me fit vaciller : ce n'était qu'une question de jours avant que la vérité ne soit découverte, et alors, je n'aurais aucun moyen de me racheter.

Mon monde allait s'effondrer. Par ma faute. Bientôt, il n'y aurait même plus de route, qu'un immense abîme. Je m'estimais coupable, responsable de tout. J'eus l'impression d'être arrivée au bout de mes souffrances et qu'au final, ma route n'était qu'un trompe-l'œil dessiné sur le mur de ma prison.

— Je vais aller me changer. Je n'en peux plus de cette robe.

— Allons-y.

— Non, accompagne tes collègues. Un de nous deux doit rester. Je vous rejoins tout de suite.

C'était idiot, mais c'était comme si je le voyais pour la première fois. Il se tenait là, avec la superbe chemise que j'avais choisie pour lui, ses deux yeux bruns grands ouverts, sa lèvre supérieure légèrement retroussée, prête à m'embrasser. Il me regardait avec toute son honnêteté, sa passion, lui qui ne m'avait jamais demandé de comptes, imposé quoi que ce soit. Comment se faisait-il que je m'étais sentie emprisonnée, enchaînée, alors qu'il ne connaissait pas de langage pour me retenir, me culpabiliser, m'écorcher? Au moment précis où tout basculait, je disposais d'un ancrage me permettant de tourner le dos à mon malaise général. Et résonna dans mon corps la plus singulière vénération. Mon modèle résidait là, devant mes yeux, et je venais tout juste de l'épouser sans même m'en rendre compte. J'espérais qu'il n'était pas trop tard, mais l'impression d'avoir déjà tout gâché s'accentuait.

Je m'effondrai dans ses bras. Des larmes ruisselèrent sur mes joues, puis des cris de douleur sortirent de ma bouche, des cris terribles. Un morceau de musique populaire coréenne jouait si fort que personne ne s'en aperçut. Il s'en trouva même pour nous prendre en photo, ne voyant dans cette étreinte qu'un mouvement de passion.

Hiro, lui, percevait tout. Étrangement, cela ne paraissait pas l'effrayer outre mesure. Il effleurait mon dos nu en murmurant des mots que je ne pouvais entendre, mais je devinais que ses propos étaient doux et amoureux. Je me mis à pleurer de plus belle, sentant mon cœur se déchirer.

— Tu veux qu'on rentre, tous les deux, et qu'on oublie la soirée?

Je reculai d'un pas pour voir son visage. Jamais personne ne m'avait autant aimée.

— Je ne te mérite pas.

Je tentai de m'échapper, mais Hiro me retenait.

Je serrai très fort sa main, puis m'éloignai, me maîtrisant pour ne pas courir. Si seulement tu savais, pensai-je, si seulement tu savais.

J'avançai seule vers la limousine pendant qu'Hiro s'enfonçait dans la voiture d'un collègue.

Sans porter attention aux autres invités qui sortaient du jardin, je me calai dans la banquette et fermai les yeux. Au bout d'un certain temps, le chauffeur, embarrassé, chercha à savoir où me conduire. Je restai comme ahurie, puis après de longues secondes, je lui indiquai mon adresse. J'entendis au loin ma belle-sœur crier mon nom, mais je ne donnai pas l'ordre d'arrêter.

Je n'en pouvais plus, je ne discernais plus la lumière, je ne voyais maintenant qu'une façon d'échapper à mon propre piège. Moi qui avais toujours cherché à avoir peur, engendrant une manière de vérifier mon attachement à la vie, constatai ce jour-là que je ne saurais endurer plus de souffrances.

La limousine me déposa devant la maison. J'ignorai madame Miyabe qui, jardinant sur son terrain, m'envoya un signe de la main. Depuis le retour d'Olivier, j'avais manqué de courtoisie envers tant de personnes.

Alors que je fermais la porte derrière moi, un bruit assourdi s'échappa du sous-sol. Olivier avait dû regagner sa cachette. Je n'avais pas l'intention de le prévenir. À l'idée que mon cadavre serait découvert, que la maison se remplirait d'ambulanciers et de policiers, qu'Olivier, caché tout au fond, passerait ses derniers instants de liberté dans une peur enfantine d'être piégé, j'éprouvai une impression de justice.

Je montai rapidement à l'étage. Le moment était venu d'en finir, ou plutôt je sentis que je ne pourrais vivre dans un monde où Hirosuke prendrait conscience de mes trahisons.

Tant de pensées tourbillonnaient dans ma tête que j'en avais la nausée. J'essayais d'imaginer ce qui resterait derrière, les conséquences de mon départ, les mots que je pourrais écrire à Hiro pour atténuer sa rancœur. Mais le temps me manquait.

J'observai mon avant-bras, d'une blancheur impeccable. Il fallait vraiment chercher pour trouver les traces de ma vieille cicatrice. J'empoignai la lame de rasoir. Je me souvenais très bien comment m'y prendre, mais comme à l'adolescence, une énergie s'y opposait. Alors je m'encourageai.

Tout ça, c'est à cause de toi.

Je respirai un grand coup puis entamai une première coupure, légère, comme pour mesurer mon ardeur. Tout de suite, le sang apparut. J'eus peur de ne ressentir aucun lancinement, mais une douleur accablante voila mon désespoir. Du même coup, un stress intense se libéra et je retrouvai un peu d'aplomb.

Après avoir commencé la deuxième incision, je fermai les paupières. Je n'avais plus la force d'aller plus loin. Il me faudrait avaler quelques médicaments avant de me couper profondément, car l'envie de vivre me reprenait.

Mais il était ardu de réfléchir. Mes entailles élançaient. Et dans l'état de détresse dans lequel je me trouvais, la douleur atroce me convenait tout à fait, car elle apaisait mes regrets.

Je restai là, un instant, immobile, les yeux fermés. Dans le lointain, une sorte de roulement grondait, peut-être le bruit d'un tramway ou d'un avion qui était amplifié par le bourdonnement dans mes oreilles. Ma colonne vertébrale se voûta et ma tête se fit lourde. Mon corsage me serrait tant le ventre que j'avais du mal à respirer. Mais il n'était pas question de le dégrafer. Il fallait qu'il demeure là, qu'une émotion emprisonnée remonte jusqu'à ma tête et la fasse exploser. Et cette haine de moi, qui s'était longuement accumulée, courut le long de mon échine puis jaillit dans un cri étranglé.

Quand je rouvris les paupières, Hiro se tenait sur le seuil de la porte, l'air pétrifié. Un chemin ensanglanté se dessinait à la hauteur de mes cuisses.

J'absorbai son regard terrorisé qui naviguait entre mes yeux, mon avant-bras, la lame de rasoir et les gouttelettes carminées répandues sur ma robe.

Puis, comme sortie de moi, je me vis d'en haut, tel un fragment isolé du reste du monde, avec mon voile sur la tête et ma robe descendant en cascade sur le carrelage bleu océan. Je perçus, sous le plancher, Etsuko étendue dans le congélateur et Olivier recroquevillé dans la pièce de rangement. Je commençais à fondre en surface, mais je luttais encore pour rester froide, cachant dans les profondeurs des abîmes la majeure partie de mon être, que j'aurais eu l'impression de tuer à petit feu si je l'avais laissée voir la lumière.

3

Entre mes crises de larmes et les moments de béatitude qui suivaient, les journées se déroulèrent dans une confusion décuplée par les effets secondaires de mes somnifères qui, en plus, peinaient à m'endormir. Olivier était enfermé dans la chambre d'invité et n'avait pas le droit d'en sortir. J'avais prétexté que madame Miyabe pourrait le surprendre à tout moment par la fenêtre et que fermer les stores paraîtrait suspect. En réalité, je ne voulais pas le voir. Il gueulait quand il avait faim et je lui apportais une tartine ou un ramen-minute. Je ne cuisinais plus, découragée par l'effort que cela aurait demandé.

Le soir, il insistait pour que nous dormions ensemble, prétextant qu'il n'en avait jamais eu la chance. Si, pour donner suite à ses premiers appels, je l'avais laissé sans réponse, j'avais un jour protesté devant sa porte fermée : « N'as-tu donc pas d'empathie ? Meurtrier. »

Dans les moments où la solitude m'accablait, je descendais au sous-sol me recueillir auprès d'Etsuko. Alors, il m'arrivait de me confier ou simplement de la regarder en silence. Cela me faisait grand bien.

Mais ce jour-là, mon affliction était trop forte. La tête enfouie dans le congélateur, les bras endoloris à force de retenir la porte, je n'éprouvais pas le réconfort souhaité. J'agrippai vivement le drap, cherchant à extirper son corps durci. Bien que minuscule, il était si lourd que je ne pouvais le hisser d'une seule main. Le couvercle appuyé sur le haut de mon dos, je tirai avec ardeur pour l'arracher à sa cachette. Tous les aliments s'en trouvèrent renversés par le mouvement. À bout de souffle, je constatai l'étendue des dégâts. Alors que des larmes montaient, je me giflai violemment. Ce n'était pas le temps de m'effondrer.

La sueur me piquait sous les bras. Je retirai mon peignoir avant de m'agenouiller auprès d'elle. Les derniers jours de congélation avaient transformé son apparence. Sa peau, autrefois si blanche, avait été brûlée par le froid. Du givre s'était accumulé sur ses sourcils et dans ses narines. Le gel avait déformé ses seins refaits.

Peinée de la voir ainsi, je lui demandai pardon. Une vague d'émotions m'interrompit au moment de prononcer son nom. Solennellement, je repris : «Je te demande pardon, Shimizu Etsuko.» J'eus l'impression que la jeune femme mourait à nouveau, et cette fois, par ma faute. Alors naquit le poids d'une nouvelle responsabilité.

Si le temps continuait de s'écouler de la sorte, l'apparence d'enquête serait abandonnée, nous ne serions pas châtiés et Etsuko ne serait jamais retrouvée. Il en allait de mon devoir de lui offrir des funérailles.

La montre que m'avait achetée Hiro indiquait quatre heures. M'attendrait-il à sa sortie du train? Je n'en étais plus certaine. Je me rendis à l'étage et, en apercevant ma valise dans la salle de séjour, je me rappelai que nous aurions dû être à Paris.

Hiro avait regagné son appartement la semaine dernière. Inutile de se hâter vers la gare.

Nous avions convenu qu'il me fallait de l'aide. J'avais insisté pour la trouver seule. Et lui avait agi, fidèle à une habitude contraire à la mienne : il suivait son propre chemin.

Je n'avais jamais imaginé ce dénouement. Aucun des scénarios que j'avais anticipés, aussi plausibles soient-ils, ne s'était concrétisé.

Je me mis à observer la pièce. Les chiffres sur l'horloge, le contour des nouveaux meubles, mon reflet dans l'écran plat de notre téléviseur, ma blessure au poignet, mon alliance, mes vêtements qui sortaient de la valise ouverte, tout cela me semblait étranger, hostile, appartenir à une autre. Je cherchais la raison qui me poussait à vivre aussi misérablement. Avant de trouver une explication, une question surgit, avec plus de force : Suis-je une ou deux ? Si je ne peux plus vivre avec moi, c'est qu'il doit y en avoir une autre.

Tout se brouilla dans ma tête et je n'arrivais plus à me concentrer. Une peur inédite venait de m'envahir, totalement distincte des précédentes. Elle était raisonnée.

Au sortir de la maison, les derniers rayons du soleil m'aveuglèrent et la chaleur m'étouffa. C'était la fin de l'été, mais une nouvelle période de canicule venait de frapper. Je chaussai mes verres fumés et m'avançai. Mon désir de ne pas toucher aux gens était à son paroxysme. Je m'éloignai, m'imaginant toujours dans l'obscurité du sous-sol, en sécurité auprès d'Etsuko.

Les yeux à demi fermés, je traversais la rue lorsqu'un autobus manqua me renverser. Le bruit du klaxon, le grincement des freins et les cris de surprise des passants m'étourdissaient. Certaines personnes aux alentours m'examinaient, pour s'assurer que tout allait bien. Ils attendaient une réaction de ma part – peut-être un soupir de soulagement ou un rire nerveux – pour la partager. Mais je poursuivis mon chemin comme si rien ne s'était passé.

Je me rendis jusqu'au supermarché pour acheter des fleurs, de l'encens, une bougie et du shampoing réparateur. Malgré mes efforts constants pour ne pas regarder les autres clientes, leurs paniers remplis de saines denrées me culpabilisaient.

Une fois dehors, je me montrai prudente. Le soleil était au plus bas et, sur ma rue, l'ombre qui s'étirait des maisons me couvrait jusqu'à la tête. Je fus cette fois soulagée plutôt qu'horrifiée par toutes ces demeures identiques. La mienne ressemblait en tous points aux autres, sauf qu'elle était plongée dans l'obscurité. Elle paraissait calme, aucun indice ne trahissait la présence du meurtrier et du cadavre qui s'y cachaient.

Après y être entrée, j'enfilai un kimono et descendis avec mon matériel. Le corps ne semblait pas avoir dégelé, mais le plancher se mouillait lentement.

Je plaçai deux oreillers sous le dos raidi d'Etsuko puis glissai le bol sous sa tête. À mesure que je lavais ses cheveux, ils recouvraient leur souplesse, mais son crâne, horriblement froid, me rappelait l'atrocité de la situation.

C'était un vrai mystère : à quel point j'avais pu être endormie pour ne pas avoir été choquée par la conduite d'Olivier, pour l'avoir acceptée sans la remettre en question, pour lui être venue en aide.

J'essuyai la chevelure d'Etsuko, épongeai son visage puis approchai ma trousse. Avec soin, j'appliquai du maquillage pour cacher les marques laissées par la congélation, mais sur sa peau glacée, le fond de teint s'étendait mal.

— Tu as de la chance de pouvoir tout recommencer.

J'effectuai une prière, des bâtonnets d'encens entre les mains. Les yeux fermés, je lui chuchotai des paroles d'apaisement. Pourtant, à mesure que je les articulais, il me semblait qu'elles m'étaient destinées. Alors je me rendis compte que les traits de son visage, sortis de ma mémoire, avaient été remplacés par les miens. J'ouvris les yeux, paniquée, et cherchai sa main pour qu'elle me secoure. Une onde de froid émanant de son corps me parcourut. L'effet fut anesthésiant. Je me sentis soudain légère, déconnectée de mes émotions.

Je fermai à nouveau les yeux, m'adressant directement à elle. S'ensuivit un flot ininterrompu de paroles, prononcé d'une voix claire. J'arrivai même à partager le plus pénible, sans trace de larmes. Mes idées suicidaires, mon regret de ne pas avoir su m'ouvrir à Hiro, ma peur de ne pas m'aimer si je me dévoilais vraiment.

Et tandis que la main d'Etsuko se fondait à la mienne, je compris mon ignorance. Si j'avais admis mon double chemin, je n'avais pas saisi que ce prétendu équilibre, ces incessants allers-retours n'avaient fait que me fragmenter, m'éparpiller, ajouter à mon intérieur des segments qui ne communiquaient pas les uns avec les autres.

J'étais allée d'accommodement en accommodement pour avancer. Toutes ces rêveries vers lesquelles je m'étais tournée pour échapper à un état de vide paralysant, toutes ces impressions de bonheur provisoires qui m'avaient insufflé tant d'énergie, tout cela m'avait fait au final plus de mal que de bien.

Pour ne pas penser à mon malheur, je m'étais créé des problèmes qui le camoufleraient. Et si je me sortais de cette situation impossible, je n'aurais pas la moindre raison de me trouver brillante et inventive. Car je ne m'étais jamais attaquée à la source de mes difficultés et, pour ainsi dire, après ces semaines de tracas, j'étais presque encore à la case départ : il n'y avait rien que je connaissais moins bien que moi-même.

Avec lassitude, je replaçai Etsuko dans le congélateur, sur un lit de nourritures éparses. Ce n'était plus la peine de la dissimuler.

Autant je me désolais de la mort d'Etsuko, autant j'éprouvais que par le fait même, quelqu'un en moi venait de mourir, quelqu'un qui le demandait depuis longtemps.

Je frappai à la chambre d'Olivier. Il était étendu, le torse nu, regardant de la pornographie sur son ordinateur. Il m'accueillit en souriant. Sa bonne humeur paraissait incongrue.

— Je veux rendre hommage à Etsuko.

Olivier eut un mouvement de recul.

— Tu l'appelles Etsuko ? Vous étiez copines ou quoi ?

— J'exige que tu sois à mes côtés. Tu as encore la camionnette ?

— Oui. Elle est à Tokyo. Mais on ne peut pas prendre la moto que ton mari t'a laissée ?

Ce fut à mon tour de perdre momentanément l'équilibre.

— Non, nous aurons trop à transporter.

— Je ne sais pas, Nanami. Vraiment ? Ne peut-on pas tourner la page ?

— C'est l'objectif.

J'avais le sentiment de poser un geste bienfaisant. Je n'étais pas convaincue qu'il était en accord avec le concept du bien et du mal que m'avait imposé mon père, mais ce n'était après tout que des roues d'entraînement placées de chaque côté d'une bicyclette, dont il fallait me départir.

Depuis que je voyais l'ampleur des dommages accomplis, je croupissais dans un gouffre d'incertitudes et de regrets. Pourtant, ce soir-là, alors que je sortais de la salle de bains, je crus bifurquer dans un sentier plein de promesses.

Lorsque j'entrai dans ma chambre, Olivier, assis en tailleur sur le lit, auscultait les oreillers que j'avais utilisés pour soulever Etsuko.

— Ils sont drôlement humides.

Je n'étais pas prête à lui révéler que le corps était toujours ici.

— Sors de ma chambre. Ne va pas croire que ce dernier projet va nous rapprocher.

Olivier se leva et, cheminant vers la porte, il s'arrêta pour m'enlacer. À travers l'isolement qui me tourmentait, isolement que j'avais provoqué en repoussant ceux qui m'aimaient, je fus soulagée par cette caresse, mais je compris surtout que celles d'Hiro me manquaient bien plus.

C'était une chance qu'Olivier ne se soit pas débarrassé de la camionnette. Cette fois, il arriva à l'heure convenue, le siège arrière rempli de morceaux de bois, comme je lui avais demandé.

— J'ai soif.

J'apportai un verre d'eau, lui expliquant qu'il devrait un jour apprendre à se déchausser en entrant chez les gens.

— On crève ici. Ta clim est brisée?

Lorsque nous nous retrouvâmes dans le sous-sol, il ne put retenir un cri d'horreur en voyant la morte.

— Tu m'as menti?

Sa respiration bouillait de colère. Je le laissai sans réponse et lui fit signe de m'aider.

Etsuko reposait sur le plancher depuis quatre heures déjà. Je l'avais extirpée du congélateur après avoir conduit Olivier à la gare. La chaufferette électrique faisait monter la température de la pièce. Nous nous plaçâmes à chacune des extrémités et je donnai le compte avant de la soulever. Olivier la lâcha tout de suite.

— C'est complètement dégoûtant.

La peau d'Etsuko avait ramolli, mais son corps restait dur comme une barre de fer.

— Je m'en vais. Débrouille-toi toute seule.

— Pars, et je te dénonce.

Je n'avais jamais vu pareil regard. Une rage obsessionnelle y montait. Son visage devint rouge et, tout à coup, il se mit à frissonner. Il posa une main sur son cœur. Ses tempes se couvrirent de sueur. Il essayait de parler, mais s'étouffait entre chacun des mots.

— C'est l'eau, c'est ça? Tu m'as empoisonné?

Il enfonça ses doigts dans sa gorge et tenta de se faire vomir. Il hoquetait de suffocation.

— Assieds-toi, Olivier.

Il reprenait lentement le contrôle de sa respiration tout en secouant ses mains engourdies.

— Qu'est-ce que tu m'as donné, Nanami? Je veux comprendre. Tu me fais payer, c'est ça?

Je l'incitai à pencher la tête, à inspirer profondément.

— Je ne t'ai pas empoisonné, Olivier. Tu paniques, c'est tout.

Et il enfonça à nouveau les doigts dans sa gorge. Sa faiblesse me décevait. Mes lectures m'avaient menée à croire que les meurtriers étaient dotés d'une intelligence et d'une force particulières. Rien de tel chez lui.

Je l'incitai à se maîtriser. Il me regarda un instant, démuni. Je vis dans ses yeux une ombre passer. La part de ténèbres que j'avais détectée lors de notre première rencontre venait de prendre le dessus. Je caressai ses cheveux d'une main sèche.

— Tu veux bien me serrer dans tes bras? J'ai besoin que tu me promettes que tout ira bien.

— Si tu fais ce que je te dis, tout ira bien.

Avant même qu'il ne se soit complètement calmé, je relâchai l'étreinte et le convainquis de reprendre la tâche où nous l'avions laissée.

— Allez. Un, deux, trois.

Je le guidai à travers la maison alors qu'il progressait à reculons, le souffle court.

— Le bois, c'est pour la brûler?

Concentrée, je ne répondis pas. Je voulais lui faire comprendre que tout devait se dérouler en silence. C'était ainsi que j'avais imaginé la scène.

Au salon, nous l'installâmes sur un drap de satin acheté pour l'occasion. Après l'y avoir enveloppée, j'y déposai des fleurs.

— Ça manque un peu de subtilité.

— Ça m'est complètement égal. Si on nous surprend, tant pis.

Olivier, tout raide, jeta un œil vers l'extérieur. Même si rien ne venait briser la tranquillité de ce milieu de matinée, il me pressa tout au long des vingt mètres nous séparant de la camionnette. Il me sembla que le rideau de la cuisine de madame Miyabe avait remué faiblement. Ce pouvait être elle, mais ce pouvait aussi être le climatiseur ou son chien. Je n'avais pas envie de m'inquiéter.

Je pris le volant, réglai le chauffage au maximum. Les fenêtres étaient fermées. Alors qu'Olivier haletait, je passais régulièrement ma main devant la bouche d'aération, certaine que l'air chaud n'en sortait pas convenablement.

— Vas-tu au moins me dire où on va?

Olivier examinait constamment le tableau de bord, s'assurant que la vitesse permise était respectée. Son corps se crispait chaque fois que nous croisions une voiture de police. Lorsque nous nous fûmes écartés de l'autoroute, le soleil éblouissant nous fit face. Lentement, nous nous enfonçâmes dans la forêt.

Le voyage devint ardu. Il fallait descendre et monter des pentes abruptes, le tout sur un chemin de terre poudreuse qui réduisait la visibilité. Chaque fois que le véhicule bondissait, produisant un fort bruit de claquement, l'atmosphère se chargeait d'anxiété. Je n'avais pas besoin de regarder Olivier pour deviner qu'il anticipait des problèmes mécaniques. J'y étais sensible, bien au fait de cette existence où chaque situation fait appréhender le pire. Mais pas au point de ralentir. Même dans les virages serrés, alors qu'il aurait été fatal de croiser un autre conducteur, je ne descendais pas sous les quatre-vingts kilomètres à l'heure.

Le moteur éteint, Olivier resta assis quelques instants, toujours cramponné à la poignée de la portière. Dehors, on n'entendait plus que le chant des oiseaux et la vibration des insectes. J'évoluais vers l'espace où, petite, je venais faire des feux de camp. J'effectuai des allers-retours, apportant de lourdes bûches. Au début, Olivier me regardait, incapable de réagir. Après un certain temps, il se mit à m'aider.

— Ce n'est pas interdit d'allumer un feu comme ça, en plein milieu de la journée?

Je lui signifiai de se taire, espérant que du reste de l'après-midi, il n'ouvrirait plus la bouche. Je cessai bientôt de me déplacer pour créer la base sur laquelle serait déposé le corps puis je sortis de mon sac un *yakuta*. J'espérais qu'Etsuko fût assez malléable pour se le laisser enfiler. J'étendis la robe sur le sol puis roulai son corps à l'intérieur. Mes craintes se concrétisèrent : ses mains restèrent figées sur son ventre. Impossible de lui enfiler les manches. Je priai Olivier de la soulever pour que je puisse l'entourer de l'*obi* et il s'exécuta tout en regardant dans la direction opposée.

Les mollets raidis, le visage dégoulinant de sueur et de poussière, je la portai seule sur le monticule de bois. J'ajoutai des bûchettes au-dessus de son corps avant d'allumer le feu à plusieurs endroits. Je l'alimentai jusqu'à ce qu'il prenne de l'expansion et produise des crépitements distincts. Puis je me retirai pour l'observer.

Lorsque les flammes atteignirent sa tête, ses cheveux roses brûlèrent instantanément, engendrant une odeur forte et une fumée noirâtre. Olivier, se dressant d'un bond, essaya de la disperser dans une série de mouvements maladroits. Il me jetait à tout moment un regard dans l'espoir que je lui prête main-forte.

Au milieu de sa chorégraphie, il se mit à pleurer. Je demeurai assise, mais me levai parfois pour ajouter du bois ou repousser un bras, un pied détaché, profondément dans le bûcher. Quand je revenais m'installer, Olivier posait sa tête contre ma cuisse. Bientôt, je sentis ses larmes couler sur ma peau, à travers mon pantalon.

— À présent, je te demande de te recueillir.

Trois heures s'envolèrent ainsi. Je contemplai le feu, découvrant que j'avais tant à apprendre de cet élément qui n'avait d'amour que pour lui-même. Moi, au contraire, j'avais vécu dans l'attrait de la souffrance, dans la haine de la stérilité de l'existence que je menais, dans l'incapacité de me reconnaître. Combien de temps serais-je demeurée ainsi si le désespoir ne m'avait pas arrachée pour me conduire au paroxysme de la crise, le jour même de mon mariage ? Avoir survécu à cet engourdissement moral me permettait d'expérimenter une forme nouvelle de paix.

Je me dirigeai vers la camionnette et revins avec l'urne et deux paires de baguettes. J'en tendis une à Olivier, puis l'invitai, à travers les cendres et les tisons, à récupérer les ossements. Il fallait d'abord chercher ceux des pieds, et remonter ainsi la chaîne squelettique, jusqu'à l'os du cou.

— Que vas-tu faire avec ça ?

— Prier pendant quarante-neuf jours. Ensuite, je vais l'enterrer.

Sous les rayons du soleil, après que j'eus refermé la boîte, Olivier m'enlaça, comme pour me remettre sur son chemin à lui. Il en profita pour m'embrasser.

Simplement, avec une légère pression des doigts, je le repoussai, puis je demeurai immobile à regarder le ciel enflammé par le couchant. Un vent frais, accueilli avec volupté par ma peau rougie, soufflait des profondeurs de la forêt.

Le décompte s'achevait. Tous les matins, je reprenais le chemin de la campagne, sans jamais arrêter chez mes parents qui vivaient à quelques minutes de là. Peu importe le temps, je me recueillais, du lever au coucher, dans l'espace où nous avions brûlé Etsuko.

Au cours de cet acte de solitude, mon esprit s'éloignait souvent de sa route. Je me surprenais à parler à Hiro, à mes parents, à Olivier, à manipuler mes souvenirs, à rejouer certaines scènes pour leur donner un autre sens, une autre issue. Mais lorsque je ramenais mon attention aux bruits du vent, de la pluie, des insectes s'éveillait doucement une compassion pour celle que j'avais été. Comprendre sa nature plutôt que chercher à la vaincre m'aidait à démystifier les événements des dernières semaines, car au rythme rapide où les actions s'étaient enchaînées, j'avais eu du mal à y voir clair.

Ainsi, dans le silence, s'écroulèrent des murs, s'ouvrirent des portes. À mesure que je m'ordonnais, que je progressais vers cette étrangère, lui accordant toute mon attention, se détruisirent de fausses perceptions, des mensonges. Dans ces moments où j'habitais mon corps, rien n'échappait à mon examen. Les sensations, leur inscription dans ma chair, les souvenirs, tout avait son importance. Et après chaque séance, je rentrais à la maison un peu transformée.

C'est vers la fin de ces jours que je reçus l'appel d'Olivier. Il allait quitter le pays.

Nous nous donnâmes rendez-vous au petit café, en face de la gare. Il commanda une bière, moi un jus de fruits. Pourtant, plus rien n'était comme avant.

— On se verra quand je reviendrai.

Il avait fait un effort évident pour que la phrase paraisse plus affirmative qu'interrogative. Son regard plongea dans le mien. J'opinai en silence. En même temps que de l'amertume, j'éprouvais un sentiment de délivrance.

En revenant chez moi ce soir-là, alors que devant la maison de madame Miyabe je détournais les yeux pour ne pas devoir répondre à ses salutations, je refermai la porte avec l'impression de reconstruire les murs de ma prison, de m'isoler, de repousser à nouveau tous ceux qui voulaient m'atteindre.

J'allumai le téléviseur de la chambre en pensant à Hiro. Nous nous étions parlé au matin, juste avant qu'il aille travailler. Cela m'avait rappelé à quel point tout dans ma façon d'interagir avec lui avait été artificiel, étudié. Pourtant, il me manquait comme si nous avions vécu une période de bonheur exceptionnelle.

J'écoutai les nouvelles du jour. Étrangement, même si c'était encore des histoires de guerre, de politique, d'argent, plus rien ne me laissait indifférente et j'étais émue à tout propos. Comme si, depuis que j'apprivoisais l'humain en moi, que j'apprenais à le reconnaître, je développais de l'empathie pour les autres.

J'attrapai un mouchoir sur la table de chevet pour essuyer mes larmes. Juste à côté trônait cette boîte de somnifères dont je ne pouvais pas me passer. Pour marquer une rupture, j'éteignis le téléviseur et m'étendis sans avaler de comprimé. Une sensation de fourmillement envahit aussitôt mes jambes et l'impatience me dévora après quelques minutes à peine. Le désordre régnait dans ma tête, et plus je luttais contre cette suractivité mentale, plus les images

140

se superposaient. Des souvenirs m'apparaissaient comme des éclairs aveuglants. À chacun, une partie de mon corps se crispait, comme si elle voulait s'en protéger. Ma fatigue ne cessait de croître, et pourtant, j'étais loin de m'endormir. Cela dura jusqu'à ce que, essoufflée, je me tourne sur le dos, droguée par l'épuisement. Des visions fulgurantes continuaient de surgir, mais je les acceptais dans le calme. C'est alors que la peau de mon corps craqua, comme une terre dans la sécheresse.

Je me dirigeai vers la salle de bains.

Dans le miroir, j'étais là.

Pour toucher ma vérité, il fallait que je me fissure, me montre sans la moindre pudeur.

Et je me sentis enfin prête à laisser parler l'horreur, à la porter devant moi.

Au quarante-neuvième jour de recueillement, le soleil était presque au plus bas quand j'ouvris les yeux. Assise depuis des heures devant l'urne, je me sentais aussi légère que les premières feuilles qui commençaient à tomber. Alors les arbres, la terre, le ciel, les animaux, tout me paraissait irradier la vie. Et j'entrevoyais que moi aussi, j'existais réellement au centre de cette nature presque sauvage.

Je chassai avec nonchalance les insectes de mon visage, étirai mes jambes, et le sang y afflua non sans un certain inconfort. Mon pied droit refusait de bouger et j'attendis patiemment qu'il réponde pendant que le ciel passait du bleu à l'orange.

Autour de l'espace où nous avions fait le feu, de jeunes pousses s'élevaient entre les restes d'herbes jaunies. Je creusai un trou pour y déposer l'urne. En la couvrant, je priai une dernière fois pour Etsuko.

Je rangeai ma pelle sous le siège de la moto qui avait cuit au soleil de septembre. La machine démarra du premier coup. J'avançai prudemment dans le sentier. Le vent faisait voler mes vêtements, et la terre que les roues remuaient emplissait mes narines. Sans comprendre pourquoi, je me mis à glousser. Je riais, regardant le ciel changer à nouveau de couleur, passer cette fois de l'orange au rose. J'accélérai et toutes sortes d'insectes se collèrent à ma peau. Je dus serrer les lèvres pour ne pas en avaler. Je me hâtai davantage, m'amusant à fermer les yeux quelques secondes.

Un peu avant de retrouver le chemin principal, je sentis une forme rigide et poisseuse frapper mon front. J'y portai machinalement la main, découvrant que la bestiole, en s'écrasant, avait laissé une espèce de liquide rougeâtre. Pendant que je me remettais de la surprise, je me demandai quel type d'insecte cela pouvait bien être. La douleur, comme une sorte de pincement, demeura de longs instants et je tentai de la chasser en contractant mes muscles faciaux de multiples façons. Mais l'élancement se prolongeait. Je décidai d'arrêter de la repousser et de vivre avec elle. Juste avant d'entrer sur le chemin principal, je résistai à l'envie de m'immobiliser pour observer ma blessure dans le rétroviseur.

Pendant que la moto roulait à pleine vitesse, le vent et les derniers rayons du soleil finirent d'assécher la goutte écarlate entre mes sourcils.

OUVRAGE RÉALISÉ PAR
LUC JACQUES, TYPOGRAPHE
ACHEVÉ D'IMPRIMER
EN JUILLET 2014
SUR LES PRESSES
DE MARQUIS IMPRIMEUR
POUR LE COMPTE DE
LEMÉAC ÉDITEUR, MONTRÉAL

DÉPÔT LÉGAL
1re ÉDITION : 3e TRIMESTRE 2014
(ÉD. 01 / IMP. 01)